KB234018

안녕하세요, 고양이 씨

세다리스의 뻔뻔한 동물우화집

SQUIRREL SEEKS CHIPMUNK

Copyright ⓒ 2010 by David Sedaris

Illustrations copyright ⓒ 2010 by Ian Falconer

All rights reserved.

Korean translation copyright ⓒ 2011 by HAKGOJAE

Korean translation rights arranged with Don Congdon Associates, Inc.

through EYA(Eric Yang Agency)

이 책의 한국어판 저작권은 EYA(Eric Yang Agency)를 통해

Don Congdon Associates, Inc.와 독점 계약한 도서출판 '학고재'에 있습니다.

저작권법에 의하여 한국 내에서 보호를 받는 저작물이므로

무단 전재와 복제를 금합니다.

안녕하세요 고양이씨

세다리스의
뻔뻔한
동물우화집

데이비드 세다리스 지음

이언 포크너 그림 | 조동섭 옮김

학고재

여동생 그레첸에게 이 책을 바친다

미용사
개코원숭이의
실수

고양이가 파티에 참석하게 되어 미장원을 찾아갔다. 미용사 개코원숭이가 물었다.

"무슨 파티예요?"

개코원숭이는 손님이 오면 늘 마사지를 해서 손님의 심신을 편안히 풀어 주는데, 고양이의 목도 마찬가지로 마사지했다.

"강둑에서 수확 춤이나 추는 파티는 아니죠? 제 동생이 작년에 그런 파티에 갔는데, 그런 난리법석이 없었대요. 동생 말이, 주머니쥐 둘이 싸움이 났대요. 둘 중 한 주머니쥐의 여편네가 그 싸움을 말리다가 이빨이 네 개나 나갔다지 뭐예요. 그렇다고 그 주머니쥐들이 길에서 쓰레기나 주워 먹는 그런 흔한 누런 주머니쥐도 아니고, 아주 잘난 주머니쥐들이었대요."

고양이가 비죽하며 말했다.

"아니에요. 그냥 몇몇만 모이는 파티예요. 친구들끼리. 뭐, 그런 파티 있잖아요."

개코원숭이가 물었다.

"음식은 나오죠?"

　고양이가 한숨을 쉬며 대답했다.

"조금 있겠죠. 어떤 음식이 나올지는 몰라요."

"뭘 낼지 정하기가 어려우니까요. 다들 먹는 게 다르잖아요. 나뭇잎을 좋아하는 이도 있고, 나뭇잎이라면 쳐다보기도 싫어하는 이도 있죠. 요즘은 다들 까다로워요. 그래서 저는 땅콩을 늘어놓고 누구는 먹고 누구는 안 먹는지 살펴요."

　고양이가 말했다.

"글쎄, 저는 땅콩은 안 좋아해요. 전혀."

"어머, 그럼 술만 드시겠네요. 자기 주량만 안 넘으면 되죠."

　고양이가 잘난 척했다.

"과음할까 봐 걱정한 적은 없어요. 저는 양껏 마시면 자리에서 일어날 줄 알아요. 늘 그랬어요."

"센스 있으시다. 역시 다른 손님들이랑은 다르세요."

　개코원숭이가 고양이 머리에서 벼룩 한 마리를 찾아 딱 깨물었다.

"요전에 결혼식에 갔거든요. 음, 지난 토요일이었나. 습지에 사는 토끼 결혼식이었어요. 소식 들으셨죠?"

　고양이가 고개를 끄덕이고, 개코원숭이는 계속 말을 이었다.

"있죠, 저는 교회에서 열리는 결혼식을 좋아하는데요, 그 결혼식은 그냥 알아서 하라는 식이었어요. 평생 펜이라고는 쥐어 본 적 없는 신랑 신부가 갑자기 시인이 되는 거예요. 왜 있잖아요, 사랑이 전부인 양 구는 거."

고양이가 변명하듯 말했다.

"우리 부부도 결혼 서약문은 직접 썼어요."

"어머, 그러셨겠죠. 두 분께서는 당연히 그 토끼 신혼부부랑 다르셨겠죠. 그 토끼 부부는 자기 사랑을 부드러운 묘목인지 뭐 그런 빌어먹을 것에 비유하던걸요. 결혼 서약을 읊는 동안 옆에서 다람쥐가 악기를 연주했어요. 하프인가 뭐 그런 악기였어요."

고양이가 말했다.

"저도 결혼식에 하프 연주자를 불렀어요. 음악이 아름다웠어요."

"당연히 그랬겠죠. 손님께서는 제대로 연주할 줄 아는 전문 연주자를 부르셨죠? 그런데 그 다람쥐는 하프 강습을 평생 딱 한 번 받은 것 같았어요. 그냥 하프 줄에 화풀이하듯 줄을 마구 뜯기만 했어요."

고양이가 말했다.

"아마 다람쥐로는 최선을 다한 거겠죠."

개코원숭이가 고개를 끄덕이며 미소를 지었다. 서비스업에 종사하는 사람이 흔히 짓는 미소였다. 개코원숭이는 지난주 결혼식에서 신랑의 형인 토끼가 술에 취한 이야기를 꺼낼 생각이었지만, 굳이 이야기할 필요를 못 느꼈다. 이 손님 앞에서는 아무 이야기도 할 필요가 없었다. 이 고양이는 개코원숭이가 무슨 말을 하든 반기를 들기만 했다. 공통된 이야깃거리를 못 찾으면 개코원숭이는 팁도 못 받을 판이었다.

개코원숭이는 고양이 목에서 벌레를 떼며 말했다.

"있죠, 저는 개가 싫어요. 정말 못 참겠어요."

고양이가 물었다.

"갑자기 그 이야기는 왜 꺼내요?"

개코원숭이가 말했다.

"그냥 생각났어요. 어제 스패니얼 잡종이 와서 샴푸를 받겠다잖아요. 그래서 제가 그냥 내보내면서 이랬죠. '손님이 얼마나 부자인지 모르지만, 저는 자기 엉덩이를 핥는 분이랑 대화 안 해요.'"

개코원숭이는 그 말을 꺼낸 순간, 실수했음을 깨달았다.

고양이가 따졌다.

"아니, 그게 어때서요? 항문을 깨끗이 닦는 건 좋은 일이예요. 저도 하루에 적어도 다섯 번은 항문을 닦아요."

"어머, 손님, 존경스러우세요. 어쨌든 손님께서는 개가 아니시잖아요."

"무슨 뜻이죠?"

"고양이는 핥을 때에도…… 우아하잖아요. 품위가 있죠. 하지만 개는, 있죠, 네 다리를 아무렇게나 뻗고 웅크려 앉잖아요."

고양이가 말했다.

"뭐, 그렇죠. 맞는 말씀이네요."

"그리고 개는 침을 질질 흘리면서 온통 침을 묻히잖아요. 침을 묻히지 않은 물건은 씹어서 조각내고요."

고양이가 낄낄거렸다.

"개들은 그러죠."

그러자 개코원숭이는 마음을 놓고 기억을 더듬으며 헐뜯을 만한 개 이야기를 찾아보았다. 콜리, 셰퍼드, 개코원숭이 스스로가 그냥 돌려보냈다고 주장하는 스패니얼 잡종. 그 모두가 개코원숭이의 친한 친구이자 단골손님이었다. 하지만 친구나 단골이 아닌 척한들, 엉덩이 핥기와 그냥 엉덩이에 키스하기의 경계를 아슬아슬하게 넘어간들, 아무도 상처 입을 일은 없지 않나?

철새
휘파람새
부부

아무 문제없이 잘 날아가다가 브라운스빌에서 꼭 몸이 이상해진다는 말을 자주 꺼내던 노란 휘파람새가 있었다. 휘파람새는 친구들에게 말했다.

"그러다가 턱! 공기 때문인지 뭣 때문인지 나도 몰라. 하지만 브라운스빌을 지날 때마다 날갯짓을 멈추고 다 토하게 돼."

휘파람새의 남편이 웃으며 덧붙였다.

"정말로 그래."

"한두 시간 쉬면 다시 괜찮아지기는 해. 하지만 이상하지 않아? 올미토도 베이뷰도 인디언레이크도 아니야. 꼭 브라운스빌에서만 그래. 늘 브라운스빌에서."

휘파람새의 이야기를 듣던 새들은 동정의 말을, 아니 적어도 흥미롭다는 말을 하려 애썼다.

"으음, 브라운스빌이라……. 거기 내 사촌이 살지, 아마."

휘파람새 부부는 텍사스 남쪽 끝에서 멕시코로 날아간 뒤 중앙아메리카로 갔다. 휘파람새가 설명했다.

"내가 기억하기 전부터 우리 가족은 과테말라에서 겨울을 났어. 시계처럼 해마다 수만 킬로미터를 날아서 여기로 돌아와. 하지만 스페인어를 쓰는 새들이 영어를 배울 것 같아? 절대 안 그래!"

남편이 맞장구쳤다.

"정말로 끔찍하지."

아내가 말을 이었다.

"우스꽝스럽기도 해. 끔찍하고 우스꽝스러워. 한번은 내가 작은 과테말라 새한테 이렇게 물었어. 'Don day est tass las gran days mose cass cab eyza?'"

그러면 휘파람새의 이야기를 듣던 새들은 고개를 갸웃했다. 자기들은 못 알아듣는 스페인어를 말할 줄 아는 휘파람새의 실력에 조금 놀라기도 했다.

"잠깐, 그런 말도 할 줄 알아?"

그러면 휘파람새는 특유의 가벼운 태도로 말했다.

"아, 조금 배웠어. 아니, 사실 어쩔 수 없이 배웠지. 나는 뭐든 꽤 빨리 배우는 것 같아. 뭐, 주위에서 나더러 빨리 배운다고 하더라."

남편이 삐졌다.

"집사람은 언어 능력이 뛰어나."

그러면 아내는 그만하라고 한쪽 날개를 쳐들었다.

"뭐, 늘 그런 건 아냐. 예를 들면 이런 일이 있었어. 큰 말파리가 모두 어디로 자취를 감췄는지 묻는데, '말'을 뜻하는 'cob ayo' 대신 'cab eyza'라고 말했지 뭐야. '큰 대가리 파리가 모두 어디로 자취를 감췄어?'라고 물어본 셈이야."

듣고 있던 새들은 그것으로 이야기가 끝난 줄 알고 점잖게 몸을 떨며 웃었다.

"큰 대가리 파리! 아하, 그것 참 재밌네."

그러면 휘파람새가 말했다.

"어머, 아직 조금 더 들어 봐. 내 말에 과테말라 새가 들판으로 자기를 따라오라고 손짓하더라. 그래서 따라갔지. 그랬더니 그 들판에서 삼백 개쯤 되는 머리들이 오후 햇빛에 썩고 있지 뭐야. 그 머리마다 파리가 쉰 마리쯤 붙어 있었어. 파리 한 마리 한 마리가 어찌나 큰지 정말로 호박벌만 했어."

듣던 새들이 말했다.

"맙소사. 썩어 가는 머리에 파리들이 붙어 있었다고?"

휘파람새가 새들을 안심시켰다.

"아, 새 머리가 아니었어. 사람 머리였어. 아니, 전에는 사람

머리였겠지. 살점이 울퉁불퉁 부풀고, 머리카락은 찐득찐득하게 엉켜 있었어. 몸뚱이는 어떻게 됐는지 모르겠어. 아마 불타서 없어졌나 봐. 잘린 머리만 남아서 담처럼 쌓여 있었어."

남편이 말했다.

"사실, 담보다는 높이가 낮았어. 주방 조리대 높이였어."

아내 휘파람새는 정말 담에 가깝다고 생각했지만, 남편과 삼십 분 동안 싸워서 다른 친구들이 모두 귀를 막고 있게 만들기는 싫었다. 그래서 그냥 넘어가기로 마음먹었다.

"담이든 조리대든, 뭐 사람 머리들이 엄청 많이 쌓여 있었어. 어쨌든 그때 나는 '여기 냄새가 악마처럼 지독하네요' 하고 말하려 했는데, 내 입에서 나온 말은⋯⋯."

휘파람새는 거기까지 말하고 코웃음치며 바통을 남편에게 넘겼다.

"집사람이 그 작은 과테말라 새한테 실제로 한 말은 '우리 집에서 악마가 내 냄새를 풍겨요'였어. 기막히지? 여러분, 멋쟁이 우리 집사람 '악마의 섹시한 요강'을 소개합니다!"

듣던 새들이 자지러지게 웃고, 휘파람새 부부는 원하던 대로 청중을 이끌었다는 즐거움을 만끽했다. 이것이 해마다 미국보다 못한 나라에 가서 지내야 하는 석 달의 시간에 대한 보상이었다. 날이 어둑해지고 새들의 웃음소리가 조화로운 노래로 넘실거리면 휘파람새 부부가 겪은 고생은 거의 다 보상됐다. 그 고생이란, 예를 들면 위염이나 부부를 하나로 묶기보다 더 멀게 더 외롭게 더 이기적이게 만드는 낯선 문화 속 시간 등이다.

고향에 돌아오면 휘파람새 부부는 기름을 잘 친 기계였다.

남편은 말했다.

"재미를 원하면 남쪽으로 내려가서 잘 찾아봐."

그러면서 게으른 원주민들의 우스운 이야기를 꺼내기 시작했다. 남편은 원주민들이 얼마나 갈팡질팡하는지, 얼마나 뒤처졌는지, 얼마나 미신을 잘 믿는지 이야기했다.

그러면 어쩔 수 없이 이런 질문이 나온다.

"애당초 왜 거기로 가? 왜 다른 철새들처럼 플로리다에서 겨울을 나지 않아?"

그러면 휘파람새 부부는 중앙아메리카가 낙후되고 그곳에는 언어 장벽도 있고 잘린 머리들이 굴러다니지만, 그래도 나름대로 아름답다고 설명했다.

그리고 또 덧붙였다.

"게다가 물가가 싸. 싸고 싸고 싸."

다람쥐와
얼룩다람쥐

다람쥐와 얼룩다람쥐가 보름 동안 데이트를 한 뒤, 이야깃거리가 떨어졌다. 처음에는 도토리, 기생충, 어김없이 다가오는 가을 같은 이야기로 어찌나 숨차게 열심히 이야기했는지 얼굴까지 발그레 달아올랐다. 개에 대해서도 두 번이나 길게 이야기했다. 다람쥐와 얼룩다람쥐는 개라면 뭐든 끔찍하다고 힘주어 말했다. 그리고 하루에 두 번 음식을 받아먹고 살면 어떨지 상상했다.

　얼룩다람쥐가 말했다.

"그래서 당연히 버릇없는 응석받이가 되는 거야."

　다람쥐는 얼룩다람쥐의 앞발에 제 앞발을 얹으며 말했다.

"바로 그거야. 드디어 정말 얘기가 통하는 사람을 만났네."

　친구들은 둘의 로맨스가 제대로 이루어질 리 없다고 경고했다. 하지만 다람쥐와 얼룩다람쥐는 그런 비관적인 시선이

옳지 않을뿐더러 질투에 찬 것이라고 확신했다.

다람쥐가 말하곤 했다.

"우리가 누리는 이런 순간을 그 친구들은 절대 못 느낄걸."

그리고 다람쥐와 얼룩다람쥐는 말없이 앉아서 갑작스러운 홍수든 총기 난사 사건이든 대화를 끌어낼 어떤 뉴스라도 나오기를 바랐다.

어느 밤, 다람쥐와 얼룩다람쥐는 올빼미 부부가 운영하는 작은 술집에 갔다. 긴 침묵 뒤에 다람쥐가 손바닥으로 테이블을 탁 치며 말했다.

"내가 좋아하는 게 뭔지 알아? 나는 재즈를 좋아해."

얼룩다람쥐가 말했다.

"그건 몰랐네. 세상에, 재즈를 좋아하는구나!"

얼룩다람쥐는 재즈가 뭔지 몰랐다. 하지만 재즈가 무엇인지 물으면 무식해 보일까 봐 묻지 못했다. 얼룩다람쥐는 다람쥐의 대답에서 힌트를 얻기 바라며 물었다.

"정확히 어떤 재즈를 좋아해?"

"뭐, 정말로 다 좋아해. 특히 초기 것들."

"나도."

다람쥐가 얼룩다람쥐에게 왜 초기 재즈를 좋아하는지 문

자, 얼룩다람쥐는 나중에 나온 것들은 자기 취향에 너무 뒤늦다고 얼버무렸다.

"지나치게 농익었다고나 할까. 무슨 뜻인지 알지?"

그러자 다람쥐는 테이블 너머로 앞발을 뻗어서 얼룩다람쥐의 앞발을 쥐었다. 둘이 만난 뒤 세 번째로 앞발을 맞잡은 순간이었다.

그날 저녁, 집으로 돌아온 얼룩다람쥐는 함께 방을 쓰고 있는 언니를 깨웠다. 얼룩다람쥐가 나직이 말했다.

"언니, 재즈가 뭐야?"

얼룩다람쥐의 언니가 말했다.

"나한테 그걸 왜 물어?"

"그럼, 언니도 몰라?"

"모른다는 말은 안 했다. 네가 나한테 그걸 왜 묻는지 물었지. 혹시 그 다람쥐랑 얽힌 일이니?"

"그렇다고 할 수도 있고."

언니가 단호하게 말했다.

"내일 아침에 일어나자마자 내가 다 말할래. 벌써 오래전에 그랬어야 해."

언니는 이끼 베개를 탁탁 친 뒤 다시 자리를 잘 잡아서 머리를 벴다.

"그런 관계가 잘될 리 없다고 벌써 몇 주 전에 말했지? 봐, 이제 너 때문에 집안 전체가 난리야. 한밤중에 살랑거리며 들어오질 않나, 지저분한 비밀로 나를 깨우질 않나. 재즈라니, 나 원 참. 내일 아침에 엄마한테 다 말할 테니까 그렇게 알아."

얼룩다람쥐는 이튿날 아침에 일어날 달갑지 않은 일을 상상하며 밤새 잠을 못 이루었다. 혹시 재즈가 다람쥐들의 속어는 아닐까? 항문 성교 같은 끔찍한 것을 가리키는 속어면 어쩌지? '어머, 나도 좋아해.' 얼룩다람쥐 자신도 그렇게 말하지 않았나. 그것도 아주 열렬히 좋아한다는 투로! 그러다가 다시 생각했다. 재즈가 그리 심하게 끔찍한 것은 아닐지도 몰라. 입으로는 떠들어도 거의 실행에 옮겨지지 않는 공산주의나 운세 예언 같은 것에 나오는 용어일 수도 있어.

마음이 좀 가라앉았다고 생각한 순간, 재즈의 다른 뜻이 머릿속에 떠올랐다. 상상 속 재즈의 뜻은 매번 더욱 끔찍해지기만 했다. 구더기가 우글거리는 시체, 병든 눈에 앉은 딱지, 의식을 갖춘 자살, 이런 일들을 가리키는 말이 재즈가 아닐까. 그런데 재즈를 좋아한다고 말하다니!

— ᴍ —

몇 년 뒤, 그 모든 일을 제대로 볼 수 있게 되었을 때, 얼룩다람쥐는 자신이 다람쥐를 전혀 신뢰하지 않았음을 깨달았다. 그렇지 않고서야 왜 그렇게 끔찍한 상상을 했을까? 자신이 만난 다람쥐가 다른 다람쥐, 더 성격이 거친 다람쥐였더라도 얼룩다람쥐는 재즈를 친숙한 것, 가령 뿌리채소나 헤어스타일 같은 것이라고 생각했어야 하는데……. 물론 얼룩다람쥐의 언니는 전혀 도움이 되지 않았다. 식구들 누구도 도움이 되지 않았다. 얼룩다람쥐의 어머니가 말했다.

"나는 다람쥐 전체에는 유감없다. 그 다람쥐가 문제야. 그 다람쥐는 마음에 안 들어."

　얼룩다람쥐가 어머니에게 그 다람쥐를 싫어하는 구체적인 이유를 캐묻자, 어머니는 다람쥐의 손톱이 지나치게 길다고 말했다.

"허영이 많다는 확실한 증거야. 게다가 재즈도 좋아한다며."

　일은 그렇게 됐다. 잠도 못 자고 맞은 아침, 얼룩다람쥐의 어머니는 딸에게 다람쥐와 헤어지라고 다그쳤다.

　다람쥐가 한숨을 쉬었다.

"뭐, 어쩔 수 없지."

　얼룩다람쥐가 말했다.

"그래, 어쩔 수 없어."

며칠 뒤 다람쥐는 강 하류로 내려갔다. 그 뒤로 얼룩다람쥐는 다람쥐를 본 적도, 다람쥐의 소식을 들은 적도 없었다.

얼룩다람쥐의 언니가 말했다.

"별일 아냐. 암컷이라면 모름지기 그런 말에 신경 쓸 일이 없어야 해. 게다가 그 다람쥐 같은 수컷의 입에서 나온 말이면 더 그렇지."

얼룩다람쥐의 어머니도 거들었다.

"아멘."

결국 얼룩다람쥐는 수컷 얼룩다람쥐를 만났고, 별 탈 없이 결혼했다. 그 뒤에 얼룩다람쥐의 어머니는 재즈가 '지압 치료'처럼 의학계에서 정식으로 인정받지 못한 치료법인지도 모른다고 말했다. 얼룩다람쥐의 언니는 아니라고, 춤일 것이라고 말하며 의자에서 일어서서 몽땅한 다리를 허공에 쳐들었다. 어머니가 말했다.

"어머, 애, 그건 캉캉이야."

그리고 어머니도 발로 허공을 몇 번 차며 캉캉을 췄다.

그 모습에 얼룩다람쥐는 깜짝 놀랐다. 자기 어머니가 춤 스텝은 물론, 조금이라도 재미와 연관된 것은 전혀 모른다고 생각해 왔기 때문이다. 얼룩다람쥐도 결국 자기 아이들에게 그런 어머니가 됐다. 재미없고, 엄격하고, 과거에 얽매인 어머니. 얼룩다람쥐의 아이들은 모두 건강했지만, 한 명은 때와 장소를 못 가리고 행동하곤 했다. 하지만 마음은 착한 아이였고, 얼룩다람쥐는 그 아이의 상태가 언젠가 나아지리라고 믿었다. 얼룩다람쥐의 남편도 그렇게 생각했고, 그 생각이 옳다고 믿으며 세상을 떠났다.

남편이 세상을 떠난 지 한두 달 뒤, 얼룩다람쥐는 그 문제의 아들에게 재즈가 뭔지 물었다. 아들이 음악의 한 종류라고 대답하자, 얼룩다람쥐는 아들의 말이 진실임을 본능적으로 느꼈다. 얼룩다람쥐가 물었다.

"나쁜 음악이니?"

"뭐, 연주가 형편없으면 나쁠 수도 있겠죠. 그렇지 않으면 정말이지 꽤 즐거운 음악이에요."

"다람쥐들이 만들었니?"

"어휴, 아니죠. 도대체 누가 그래요? 다람쥐들이 재즈를 만들었다고?"

얼룩다람쥐는 갈색과 흰색이 섞인 주둥이를 긁적였다.

"누구한테 들은 건 아니야. 그냥 내가 추측해 봤어."

─〰─

주둥이에 갈색 털보다 흰색 털이 많아지자 얼룩다람쥐는 자신과 다람쥐 사이에 이야깃거리가 없었던 일은 잊어버렸다. '재즈'의 정의도 잊어버렸다. 얼룩다람쥐는 '재즈'를 생각할 때마다 자신이 감상할 기회를 영원히 놓친 아름다운 모든 것을 떠올렸다. 따뜻한 비의 느낌, 아기 냄새, 자신이 살고 있는 나무를 지나 무한히 계속 나아가는 불어난 강물 소리.

뱀에게
한 방
먹이는 법

    불만 접수 줄은 늪 가장자리에서 시작되어 서쪽으로 뻗고
뻗어 마침내 불탄 소나무 그루터기에서 끝났다. 간신히 자리
를 찾아 줄을 선 거북 앞에는 눈빛이 거슴츠레한 두꺼비가 있
었다. 거북은 턱이 빠져라 하품을
했고, 그때 오리가 나타났다.

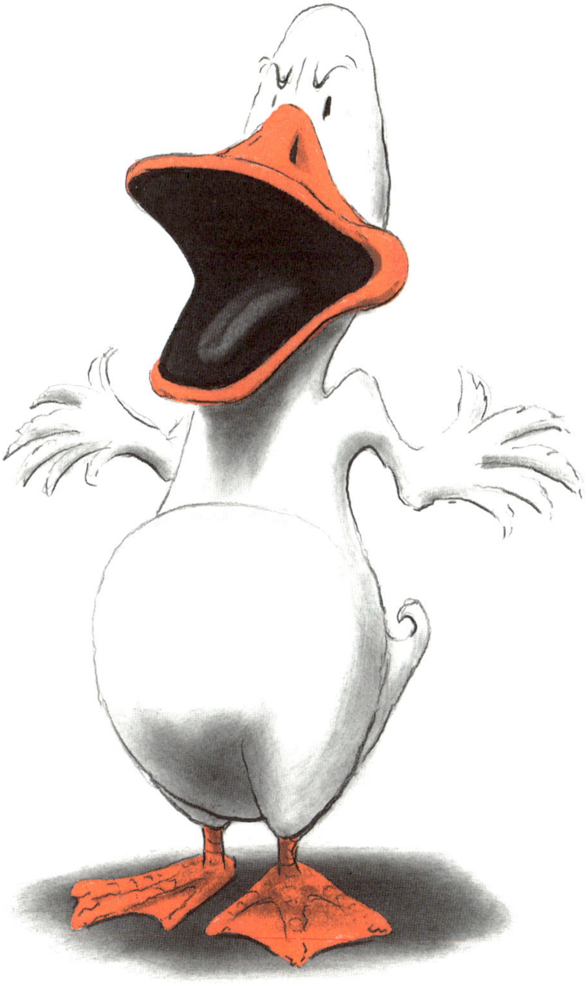

오리는 거북의 뒤에 자리를 잡고 중얼거렸다.

"이런 바보들은 보다 보다 처음이야."

거북은 하품으로 벌린 입을 미처 다물지 않은 채 고개를 끄덕이며 오리의 말에 동감했다.

오리가 말을 이었다.

"이런 말을 들은 게 벌써 두 번째야. 믿어지니? 처음에는 신분증 같은 건 없어도 괜찮다고 하더니, 거의 세 시간이나 기다리게 한 뒤에 그 짜증스러운 쥐가 이러지 뭐야. '죄송합니다만, 신분증이 없으면 도와드릴 수 없습니다.' 그래서 내가 그랬지. '아니, 도대체 왜 진작 말하지 않았어?' 그러니까 그 쥐는 이 말만 하더라. '예의를 갖추지 않으시면, 여기서 내보낼 수밖에 없습니다.'"

거북은 자신도 비슷한 일을 겪었으므로 동감한다는 뜻으로 끄응 소리를 내고 한마디 거들었다.

"역사에서 가장 오래된 수법이지. 잘못은 자기들이 저지르고도 어떻게든 남한테 뒤집어씌우기."

오리가 말을 이었다.

"그 쥐한테 그랬어. '내가 예의 갖추기를 바라면, 댁은 손님더러 빌어먹게 다시 오라고 말하지 않는 회사에 다니지 그래? 우리한테 불평할 거리를 던져 준 게 댁들인데, 우리가 불평한다고 댁들이 불평하면 안 되지.'"

　나중에 거북은 집으로 돌아가서 아내에게 말했다. 오리의 말에 정말 감동했다고, 오리들 중에, 아니 새들을 통틀어 그렇게 제대로 꼬집을 친구는 없을 거라고, 그 오리가 정말이지 정확히 잘 지적했다고.

　두꺼비가 이야기에 끼어들었다.

"그건 약과야. 나는 무슨 일을 겪었는지 알아? 줄을 서서 기다리다가 겨우 차례가 돌아왔는데, 신분증을 내보이니까 두 가지가 필요하다잖아. 말이 돼? 내가 그랬지. '엉덩이가 못생긴 짧은꼬리살쾡이가 두 가지 신분증을 주는지 몰랐어.' 그러자 접수대 뒤에 있던 검은 뱀이, 파충류는 두 가지 신분증이 필요하다는 거야. 그래서 내가 말했지. '상관없어요. 나는 양서류예요.' 그러니까 그 뱀이 농담이 아니라 정말로 이러는 거야. '파충류나 양서류나 마찬가지죠.' 내가 말했지. '마찬가지라니, 그게 무슨 빌어먹을 소리야? 첫째, 나는 물속에서만 짝짓기를 해. 둘째, 나는 허물을 안 벗고 태어날 때 피부를 그대로 갖고 있어. 그러니까 파충류나 양서류나 마찬가지라는 개소리는 내 앞에서 꺼내지도 마. 너도 파충류니까 네가 오히려 더 잘 알 거 아냐.' 그러니까 뱀은 이 오리가 쥐한테서 들은 말이랑 똑같은 말만 하더군. '예의를 갖추지 않으시면……'"

거북이 혀를 내둘렀다.

"전형적이구먼."

두꺼비가 말했다.

"그 뱀한테 한 방 먹였어야 했어. 얼굴 한가운데에 픽!"

오리가 말했다.

"동지, 나도 동감이야!"

두꺼비가 계속 말을 이었다.

"아니면 눈알을 뽑아서 앞을 못 보게 만들었어야 했나. 평생 깜깜한 어둠 속에 살게."

거북에게는 장님 사촌이 있었다. 거북과 사이가 나쁜 사촌이었다. 그래서 거북은 더 크게 웃었다.

두꺼비가 말했다.

"그다음에 혀를 뽑았어야 했어. 혀를 뽑힌 기분이 어떤지 맛보게 할걸."

오리가 말했다.

"말을 못하게 되면 우리한테 개소리를 늘어놓기도 어렵겠지."

두꺼비가 덧붙였다.

"그다음에는 몸을 불태울걸 그랬어. 아니, 몸에 염산을 뿌린 다음에 불지르는 게 낫겠다. 멍청한 잡년."

거북이 무슨 말을 꺼내려 했지만, 새로운 상상에 들뜬 두꺼비가 거북의 말을 막고 계속 말했다.

"아니, 잠깐. 아니야. 혀를 자른 다음에는 사과에 똥을 묻히고, 커다랗고 살찐 뱀의 입을 열어서 똥 묻힌 사과를 목구멍으로 처넣어야 해. 그다음에 염산을 뿌려야 해. 그리고 몸에 불을 지르고."

셋은 깔깔 웃었다.

거북이 말했다.

"사과보다 멜론을 쓰는 게 좋겠어. 멜론에 똥을 묻히고 뱀의 목에 처넣는 거지. 하하!"

오리가 말했다.

"아니, 아냐. 멜론보다 수박이 나아. 그다음에……."

그러자 즐거운 분위기가 조금씩 사라졌다. 두꺼비가 말했다.

"검은 뱀한테 수박이라. 그건 인종차별이야."(미국에서는 흑인을 비하하는 그림에 수박이 등장하곤 하며, 그래서 흑인과 수박을 연결시키는 것은 인종차별로 통함 – 옮긴이)

오리가 말했다.

"아니, 내 말뜻은 그저……."

두꺼비가 말했다.

"네가 무슨 뜻으로 말했는지 나라고 모를 것 같아? 저질!"

거북도 두꺼비에게 맞장구쳤다.

"맞아! 맞아!"

오리가 말했다.

"아, 그래. 너희 둘 다 지옥에나 떨어져!"

그리고 오리는 혼잣말을 투덜거리면서 뒤뚱뒤뚱 그 자리에서 떠났다.

두꺼비가 말했다.

"세상에, 저런 놈들은 질색이야. 수박이라니. 접수대 뒤에 앉아 있던 검은 뱀이 커다란 뱀이었으면 저 오리 놈도 그런 말 못 했을걸. 그 검은 뱀이 비단뱀이었으면 틀림없이 그런 말을 아예 못 꺼냈지."

두꺼비와 거북은 사라지는 오리를 바라보다가 진저리를 치며 고개를 절레절레 흔들었다. 잠시 침묵이 흐른 뒤 두꺼비가 말했다.

"그냥 멜론보다 겨울 멜론에 똥을 묻히는 게 낫겠어. 아니, 겨울 멜론이랑 그냥 멜론, 둘 다 쓰는 게 더 좋겠다. 두 가지 멜론 다 똥을 묻혀서 그 뱀의 목에 처넣었어야 해. 그다음에 염산을 뿌리고, 그다음에 불을 질렀어야 해."

거북이 말했다.

"뭐, 다음 기회는 늘 있잖아."

엄마
잃은
곰

죽기 세 시간 전, 엄마 곰은 다람쥐가 몇 달 전에 땅속에 숨긴 도토리들을 캐냈다. 벌레 먹고 눅눅한 도토리들은 똥만큼도 먹음직스럽지 않았다. 엄마 곰은 쓸데없는 행운에 한숨을 쉬며 도토리들을 발로 차서 다시 구멍에 넣었다. 열 시쯤, 엄마 곰은 가만히 서서 왼쪽 뒷다리에서 가시 하나를 뽑아내려 애썼다.

　나중에 그 딸은 말하곤 했다.

"그러다가 그냥 돌아가셨어요."

　엄마 잃은 곰은 그 말을 몇 번 되뇌었지만, 처음에는 스스로도 자기 말을 믿을 수 없었다. 엄마가 죽다니, 어떻게 그럴 수가! 하지만 하루가 지나자 충격은 옅어졌다. 엄마 잃은 곰은 중간 중간 솜씨 좋게 말을 멈추고 연극적인 몸짓을 더함으로써 그 충격을 다시 느끼려 애썼다. 허공을 응시하는 눈빛이 효과적이었다. 엄마 잃은 곰은 그 눈빛도 마침내 완벽히 터득하고 먼 지평선을 응시하며 말하곤 했다.

"그러다가…… 그러다가 그냥…… 돌아가셨어."

엄마 잃은 곰은 일곱 번 울었다. 하지만 몇 주가 지나자, 울기도 점점 더 힘들었다. 그래서 앞발로 얼굴을 가리고 어깨를 들썩이는 몸짓을 지었다. 친구 곰들은 '저런, 저런' 하며 안타까워했다. 그러면 엄마 잃은 곰은 친구들이 집에 돌아가서 자기 식구들에게 말하는 모습을 상상했다.

'오늘 엄마 잃은 불쌍한 곰을 만났어. 그 곰을 보고도 가슴이 찢어지지 않는다면 가슴 찢어질 일은 아무것도 없을걸.'

이웃들은 엄마 잃은 곰에게 음식을 주었다. 겨울을 나는 데 필요한 것보다 훨씬 많은 음식이 생겼다. 그래서 엄마 잃은 곰은 그해 겨울에 겨울잠을 자지 않고 깨어 있었으며, 몹시 뚱뚱해졌다. 봄이 와서 다른 곰들이 겨울잠에서 깨어났다. 곰들은 엄마 잃은 곰이 버찌 한 줌을 먹고 있는 모습을 보았다. 엄마 잃은 곰은 원색의 과즙이 줄줄 흐르는 턱으로 변명했다.

"음식을 먹으면 마음의 고통이 줄어."

다른 곰들이 돌아서서 가자 엄마 잃은 곰이 뒤쫓았다.

"우리 엄마가 돌아가셨다는 이야기 못 들었어? 엄마랑 아름다운 아침을 보내고 있었는데, 갑자기……."

곰들이 성난 목소리로 말했다.

"우리 버찌를 다 먹고도 그걸 핑계라고 대? 어림없어."

중간에 말을 끊지 않고 끝까지 듣는 곰도 몇몇 있었다. 하지만 엄마 잃은 곰은 그 곰들의 눈에서 동정심이 아닌 다른 것을 느꼈다. 좋게 보아야 지루함, 나쁘게 보자면 당혹스러움, 자신들에 대한 당혹스러움이 아니라 엄마 잃은 곰에 대한 당혹스러움이었다.

전에는 엄마 잃은 곰의 이야기에 눈물까지 흘리며 가장 큰 동정심을 보였던 친구는 이제 슬픔에서 벗어날 방법을 제시했다.

"일에 몰두해. 나도 우리 할아버지가 심장마비로 돌아가신 뒤에 그 방법을 썼어. 효과가 아주 좋아."

엄마 잃은 곰이 말했다.

"일?"

"뭐, 굴을 파서 새집을 짓거나 그런 것."

"지금 사는 집도 괜찮은데?"

"그럼, 다른 곰이 굴을 파는 걸 돕거나. 내 전남편 고모가 덫에 걸려서 앞발 하나를 잃는 바람에 도랑에서 겨울을 났대. 그 아주머니를 도와서 굴을 파는 게 어때?"

"나도 앞발을 다친 적 있어. 손톱 하나가 뭉텅 뽑혔어. 손톱이 다시 자라기는 했지만, 브라질너트처럼 심하게 휘었어."

엄마 잃은 곰은 슬픔을 이기는 법 같은 충고는 듣기 싫었다. 자신의 슬픈 처지로 친구의 관심을 돌리려 애썼지만 소용없었다.

"그 아주머니한테 네가 오늘 오후에 갈 거라고 말해 둘게. 네가 굴을 파는 걸 도우면, 그 아주머니도 아주 좋아할 거고 네 살을 빼는 데에도 도움이 될 거야."

친구가 슬렁슬렁 사라졌다. 엄마 잃은 곰은 멀어지는 친구의 뒷모습을 노려보다가 친구 흉내를 내며 빈정댔다.

"네 살을 빼는 데에도 도움이 될 거야."

엄마 잃은 곰은 통나무를 뒤집어서 개미 몇 마리를 먹었다. 엉덩이에 줄무늬가 있는, 열량이 낮은 개미들이었다. 그리고 햇빛 아래 누워서 곤히 잠들었다. 친구가 다시 와서 엄마 잃은 곰을 흔들어 깨우며 말했다.

"도대체 왜 그래?"

"응?"

"벌써 어둑어둑해졌어. 전남편 고모가 종일 널 기다렸어."

"알았어."

엄마 잃은 곰은 언덕을 올라갔다. 몇십 미터쯤 가다가 친구의 말을 따르지 않기로 마음먹었다.

애당초 내가 바라지도 않은 충고를 왜 따라야 해? 모르는 사람, 그것도 곧 죽을 늙은이를 위해서 굴을 파느니 차라리 고향을 떠나 산 반대쪽에 가서 살겠어. 거기 가면 새로운 곰들을 만날 수 있겠지. 낯선 곰들이 내 이야기에 귀를 기울이면, 나는 다시 비극의 주인공이 될 수 있어.

이튿날 아침, 엄마 잃은 곰은 길을 나섰다. 지저분한 도랑에서 아직도 기다리고 있을, 앞발 잘린 늙은 곰과 마주치지 않게 조심했다. 불탄 자작나무 숲 너머에 시냇물이 흘렀다. 물길을 따라가다가, 빠른 물살에 허리까지 담그고 앉아 있는 새끼 곰을 만났다. 새끼 곰은 아직 서툰 솜씨로 물고기를 잡으려고 앞발을 첨벙거리고 있었다.

엄마 잃은 곰이 소리쳤다.

"나도 네 나이 때는 너랑 똑같았어."

그러자 새끼 곰이 고개를 들고 놀란 울음소리를 내뱉었다.

"아침 내내 물에 앉아 있었어. 그러다가 엄마가 와서 제대로 물고기 잡는 법을 가르쳐 줬어."

엄마 잃은 곰은 잠시 말을 멈췄다가 다시 이었다.

"하지만 이제 그런 일은 일어날 리 없어. 왜 그런지 알아?"

새끼 곰은 아무 말도 하지 않았다.

"그런 일이 일어날 리 없는 건 우리 엄마가 돌아가셨기 때문이야. 내가 생각조차 못 하고 있을 때, 갑자기 벌어진 일이었어. 분명 엄마가 내 옆에 있었는데 어느 순간…… 없어진 거지."

새끼 곰이 훌쩍이기 시작했다.

"하루아침에 고아가 되고, 엄마의 시체는 옆에서 서서히 썩어 가고, 나는 그저 힘들게 계속 살아갈 수밖에 없고, 나를 사랑하거나 보호해 줄 사람은 아무도 없고……."

새끼 곰이 엉엉 울기 시작할 때, 새끼 곰의 엄마가 수풀에서 나타나 소리쳤다.

"이 썩어빠진 것. 무슨 짓이야? 순진한 어린애를 겁줘? 당장 여기서 꺼져."

엄마 잃은 곰은 반대편 냇가로 내달려서 숲으로 들어갔다. 고개를 돌려서 뒤를 살피며 통나무 위를 뒤뚱뒤뚱 걸었다. 무거운 몸 때문에 곧 숨이 가빴다. 그래서 백 미터쯤 간 뒤에 뛰던 속도를 늦추어 잰걸음으로 걸었다. 아침은 오후로, 또 초저녁으로 변했고, 엄마 잃은 곰의 걸음은 점점 더 느려졌다.

해가 지기 직전, 굴뚝 연기 냄새가 났다. 천천히 걷다 보니 어느 마을의 끝자락까지 온 것이다. 엄마 잃은 곰은 두꺼운 울타리에 난 틈을 들여다보았다. 사람들의 뒷모습이 보였다. 사람들은 평지에 있는 무엇을 구경하고 있었다. 그중 한 사람이 자세를 바꾸자, 엄마 잃은 곰의 눈에는 또 다른 곰이 보였다. 수곰이었다. 하지만 그 곰이 수컷임을 알아채기까지는 시간이 조금 걸렸다. 수곰이 치마를 입고 긴 고깔모자를 쓰고 모자 맨 위에는 실크 스카프까지 둘렀기 때문이다. 수곰의 입에는 가죽끈으로 재갈이 물려 있었다. 지저분한 망토를 입은 남자가 재갈에 연결된 긴 끈을 꽉 붙잡고 있었다. 역시 망토를 입은 소년이 옆에 서 있었다. 소년의 목에는 북이 걸려 있었다. 소년이 북을 치기 시작하자, 수곰은 뒷다리로 서서 음악에 맞춰 몸을 앞뒤로 흔들었다.

무리 앞쪽에 있던 군인이 소리쳤다.

"더 빨리."

그러자 소년은 더 빨리 북을 쳤다. 수곰은 똑바로 선 자세를 유지하려 안간힘을 썼고, 실수로 제 치맛자락을 밟자 남자가 막대기를 꺼내서 수곰의 얼굴을 마구 때렸다. 수곰은 결국 코피를 흘렸다. 그러자 사람들이 웃고, 몇몇은 동전을 던졌다. 북 치는 소년이 동전을 주운 뒤, 다음 곡을 연주하기 시작했다.

어두워지자 관중은 저녁을 먹으러 뿔뿔이 집으로 흩어졌다. 남자는 수곰의 주둥이를 묶은 재갈을 푼 뒤, 목에 목줄을 채우고 목줄과 연결된 사슬을 땅에 깊이 박은 쇠 말뚝에 연결했다. 남자와 소년은 천막으로 들어갔다. 엄마 잃은 곰은 남자와 소년이 잠들었다고 확신한 뒤, 울타리 뒤에서 살금살금 나와서 사슬에 묶인 수곰에게 다가갔다.

엄마 잃은 곰이 말했다.

"원래 나는 모르는 상대한테 말을 붙이지 않는데, 댁한테는 말을 걸게. 어떤 일에든 처음이 있게 마련이잖아."

수곰은 불편한 자세로 누워 있었다. 치마는 허리로 말려 올라가 있었다. 엄마 잃은 곰은 수곰의 다리에 털이 뭉텅뭉텅 빠져 있는 것을 보았다. 털이 빠져서 드러난 살갗은 상처투성이였다.

"나는 우리 엄마랑 대화를 많이 나눴어. 우리는 늘 단둘이었어. 그런데 하루아침에 갑자기 엄마가…… 돌아가셨어. 영영 떠났어. 작별 인사도 뭐도 못 했어."

달빛 때문일까. 아니면 사람들 앞에서 재주를 부리는 곰을 만나서 들떴기 때문일까. 이유야 뭐든 엄마 잃은 곰은 정말로 눈물을 흘렸다. 반년 만에 처음이었다. 눈물이 뺨을 타고 서서히 흘러내릴 때, 사슬에 묶인 수곰이 고개를 들고 물었다.

"내 말을 알아들을 수 있어?"

엄마 잃은 곰은 사실 수곰의 말을 알아듣기 힘들었지만, 그래도 고개를 끄덕였다.

수곰이 말했다.

"잘됐군. 대부분은 내가 하는 말을 하나도 못 알아듣더군. 왠지 알아?"

엄마 잃은 곰이 고개를 가로저었다.

"이빨이 다 빠졌기 때문이야. 하나도 남김없이 다 빠졌어. 천막에 있는 남자가 큰 돌멩이로 내 얼굴을 쳐서 이빨을 다 뽑아버렸어."

엄마 잃은 곰이 말했다.

"하지만 재갈도 물리면서……."

"그건 나를 위험한 맹수로 보이게 하려고 씌우는 것뿐이야."

"아, 이해했어."

"아니, 넌 이해 못 해. 봐, 내 무릎에 구더기들이 살아. 나는 아직 살아 있는데, 파리들이 내 살에 새끼를 깐다고. 알아?"

엄마 잃은 곰은 생각만으로도 몸서리났다.

"단단한 음식을 먹은 게 몇 년 전인지 몰라. 소화는 안 되고, 오른발은 뼈가 세 군데나 부러졌어. 그런데 너는 계모가 죽었다고 눈물을 글썽이면서 내 옆으로 와?"

"계모 아니야."

"아니, 계모 맞아. 네 눈에 뻔히 다 드러나 있어."

"뭐, 그래도 정말 친엄마 같았어."

"그랬겠지. 배가 몹시 고프면 오줌도 꿀맛이거든."

"이 나라 이 동네에서는 수컷들이 제 머릿속에 든 지저분한 얘기만 떠드는지 모르지만, 내 고향에서는……."

엄마 잃은 곰이 거기까지 말한 순간, 남자와 소년이 뒤에서 다가와서 천으로 감싼 몽둥이로 엄마 잃은 곰의 머리를 내리쳤다. 엄마 잃은 곰이 다시 정신을 차렸을 때에는 아침이었다. 수곰이 앞에 쓰러져 있었다. 수곰의 목은 칼로 깊게 베여 있었다. 베인 자국이 마치 미소 짓는 입술 같았다.

남자가 소년에게 말했다.

"저놈은 아무 쓸모도 없었어. 무릎이 망가졌으니 그걸로 끝이지."

그래서 엄마 잃은 곰은 마을에서 마을로 여행한다. 볼은 퀭하고, 잇몸은 부러진 이빨 때문에 생긴 염증으로 퉁퉁 부었다. 얼굴 윤곽이 뒤틀리고 재갈이 채워져 곰의 말은 거의 알아들을 수 없다. 그래도 늘, 음악에 맞춰 몸을 세우고 비틀거리면서도 곰은 관객을 바라보며 엄마 이야기를 떠든다. 사람들은 대부분 웃으며 곰에게 치마를 들라고 소리치지만, 눈물을 흘리며 곰의 말을 빠짐없이 알아들을 수 있다고 주장하는 사람을 어쩌다 가끔씩 만나곤 한다.

엄마 쥐와
아기 뱀

애완동물을 키우는 동물은 많다. 하지만 어느 누구도 쥐만큼 애완동물에게 헌신적일 수 없었다. 쥐는 아기 뱀을 애완동물로 키웠다. 쥐는 누구든 만나자마자 말했다.

"내가 구했어요."

쥐가 너구리의 아가리에서 뱀을 구했다는 뜻으로 들렸을 수도 있지만, 사실 쥐의 말은 뱀을 누구의 아가리에서 구했다는 뜻이 아니라 사랑 없는 삶에서 구했다는 뜻이다. 쥐는 자신의 사랑이 없었다면 뱀이 어떻게 되었을까 생각했다.

"작은 알에서 부화하는 뱀을 보자마자 내가 꼭 구해야 한다고 깨달았어. 정말이지, 저 얼굴 좀 봐! 내가 어떻게 모른 체할 수 있었겠어!"

뱀이 갈라진 혀를 날름거리면, 쥐는 뱀의 아래턱 밑 비늘을 쓰다듬었다.

"봐, 뱀이 인사하네. '안녕하세요, 만나서 반갑습니다.'"

하지만 친구들은 쥐의 말을 그대로 믿지 않았다. 뱀이 똬리를 틀면, 친구들은 놀라서 펄쩍 뛰었다. 쥐는 친구들의 반응에 이상한 기분을 느꼈다. 특이한 기분이 아니라 이국적인 기분이었다. 특이하려면, 늘 터번을 두르고 우스꽝스럽게 큰 목걸이나 보랏빛 옷을 즐겨 입으면 된다. 이국적이려면, 어떤 일의 다른 면을 보는 데 그치지 않고 세상 전체를 달리 보아야 한다.

쥐는 우겼다.

"너희는 내 뱀을 두려워하는 게 아니야. 뱀이라는 관념을 두려워하는 거지. 뱀은 자기 목숨이 걸려 있지 않는 한 남을 공격하지 않아. 내가 전에 설명하지 않았나?"

그리고 쥐는 잘 때에도 침대에서 뱀과 함께 잔다고, 뱀이 침대 발치에서 자다가 아침마다 키스로 자기를 깨운다고 자랑했다.

"뱀이 키스하면서 이런다니까. '일어나요, 엄마. 하루를 시작할 시간이에요.'"

쥐에게 뱀은 가장 똑똑하고 가장 잘생기고 가장 착한 동물이었다. 뱀이 몇 시간이고 햇빛 아래 누워 있거나 허공을 멍하니 바라보는 것도 쥐에게는 특별했다.

쥐가 친구들에게 말했다.

"뱀은 자기를 우리랑 똑같은 쥐라고 생각하는 게 틀림없어."

그러면 친구들은 억지 미소를 지었다.

쥐는 어느새 '애완동물'이라는 말도 쓰지 않았다. 그 말이 뱀을 깎아내리는 것으로 보였기 때문이다. '키운다'라는 말도 역시 쓰지 않았다. 유리병에 반딧불이를 가두듯 뱀의 의지와 상관없이 쥐가 뱀을 소유한 것처럼 들렸기 때문이다.

쥐는 뱀을 '반려 파충류'라고 부르기 시작했다. 조만간 쥐 옆에 반려가 되는 존재는 뱀밖에 남지 않았다.

그래도 쥐는 신경 쓰지 않았다.

"친구들이라고 했지만, 공통점도 전혀 없었는걸. 내 또래조차도 공통점이 없었어."

뱀은 '우리 둘만 있으면 돼요'라고 말하듯 눈을 껌벅였다. 쥐는 팔을 벌려 뱀의 미끌미끌한 목을 꺼안았다. 쥐는 무시무시할 만큼 뱀과 마음이 잘 통한다고 생각했다. 날씨에 대해서도, 중요한 일에 대해서도, 갖가지 의문에 대해서도 쥐와 뱀은 더없이 생각이 같았다. 쥐와 뱀은 둘 다 주말을 좋아하고 올빼미를 싫어했다.

하지만 음식에 있어서는 생각이 갈렸다.

쥐는 뱀이 아주 어릴 때 뱀에게 물었다.

"곡물 맛이라도 보지 않으련?"

하지만 뱀은 곡물을 입에 대지 않고 새끼 두꺼비를 좋아했다. 뱀이 어떻게 그런 음식을 먹는지 쥐로서는 이해할 수 없었다. 쥐도 두꺼비가 어떤 맛인지 궁금해서 조금 먹었지만, 비릿비릿하고 끈적끈적해서 기겁했다. 그 맛이 며칠 동안 입에서 가시지 않았다.

뱀이 아직 어리고 아주 약해서 먹을 것을 사냥할 수 없다고 생각한 쥐는 자신이 대신 뱀의 먹이를 사냥했다. 새끼 두꺼비뿐 아니라 개똥지빠귀 알과 아주 어린 두더지까지 잡았다. 뱀은 뭐든 통째로 삼켰다.

쥐가 말했다.

"세상에, 맛을 음미하면서 천천히 먹어!"

처음 몇 달은 점심을 먹은 뒤 말을 가르쳤다.

"자, 따라 해 봐. '안녕, 친구. 사랑해.'"

결국 쥐는 뱀에게 말을 가르치려는 생각이 이기적이었다고 여기게 됐다. 왜 뱀이 설치류의 말을 배워야 해? 그 반대가 되면 안 돼? 그래서 쥐는 뱀의 언어를 배우기로 마음먹었다. 몇 주 동안 노력해도 아무 성과를 못 이루자, 쥐는 면도칼로 자기 혀끝 한가운데를 베었다. 혀끝을 갈라도 뱀과 대화를 나누는 데에는 전혀 도움이 되지 않았지만, 그래도 쥐와 뱀 사이에 공통점은 하나 더 생겼다.

쥐와 뱀이 벽난로 앞에서 서로 부드럽게 쉭쉭거리던 어느 오후였다. 누가 문을 노크했다. 두꺼비였다. 쥐는 귀찮은 마음에 길게 한숨을 쉬고 현관 앞에서 두꺼비에게 인사했다. 겨드랑이에 낀 전단이 아니어도, 두꺼비가 찾아온 이유는 누가 보아도 분명했다. 양서류에게 흔한 '괴로워하는 어머니'였다. 수천 개의 알 중에서 몇몇만 살아남았는데 그나마도 잃어버린 어머니.

"귀찮게 해서 죄송합니다만, 제 아기들이 사라졌어요. 제발 도와주세요."

두꺼비는 손바닥에 코를 헹 풀고 축축한 손을 허벅지에 쓱 닦은 뒤 말을 이었다.

"아들도 있고 딸도 있었어요. 모두 아홉 명이었어요. 그런데 다 사라졌지 뭐예요. 제대로 자라기도 전에."

쥐가 두꺼비의 마지막 말에 더는 못 들어주겠다고 생각했다. '제대로 자라기도 전에'라니. 두꺼비가 자라는 데 뭐 특별한 일이라도 필요한가. 두꺼비는 그저 알에서 부화되어 눈을 뜨고 뛰어다니는 게 전부가 아닌가. 두꺼비 새끼들은 하나같이 돌멩이처럼 꼴사납고 흉하지 않나.

쥐가 말했다.

"아이들이 그렇게 걱정되면 잘 보살폈어야죠."

두꺼비가 훌쩍였다.

"잘 보살폈죠. 애들이 다 그렇듯 바로 집 앞에서 놀고 있었어요."

쥐는 생각했다. '픽이나 집 앞에서 놀고 있었겠다.' 쥐는 시든 민들레 한 줄기를 빼고 아무것도 없이 텅 빈 작은 모래땅을 떠올렸다. 쥐는 주위에 웃자란 고사리 덤불에 숨어서 쇠파리 떼가 있는 곳을 알려주겠다는 말로 멍청하고 힘없는 새끼 두꺼비들을 꼬드겼다. 쥐의 한마디에 그리 쉽게 넘어가다니, 새끼 두꺼비들은 굶주리거나 뇌에 손상을 입은 게 틀림없었다. 그렇다면 그것은 어미 두꺼비의 잘못 아닌가? 입장을 바꿔, 파리가 찾아와서 두꺼비한테 제 자식들이 어디 있는지 아느냐고 물으면 두꺼비가 동정했을까? 곤충 어미의 모정이 양서류 어미의 모정보다 못한가? 게다가 아기 뱀도 다른 어떤 동물만큼 귀엽고 순진한데, 아기 뱀 역시 보살핌을 받아야 마땅하지 않나?

쥐의 눈에는 반려 파충류인 뱀이 늘 사랑스러웠지만, 어느새 뱀은 더 이상 작은 아기 뱀이 아니었다. 쥐와 처음 만난 지 몇 달 만에 뱀은 거의 십이 센티미터가 더 자랐고, 무엇도 뱀이 자라는 것을 못 막을 성싶었다. 어느새 새끼 두꺼비로는 뱀의 배를 채울 수 없게 됐다. 그래서 쥐는 두꺼비의 전단을 받아서 잠시 찬찬히 살펴보았다.

"있죠, 저도 애들을 잘 찾아볼게요. 보름 뒤쯤 다시 찾아오세요. 좋죠?"

—⁓—

며칠 뒤, 또 노크 소리가 났다. 이번에는 두더지였다.

"혹시 제 딸 못 보셨어요?"

쥐가 말했다.

"글쎄요, 모르겠는데요. 따님이 어떻게 생겼나요?"

두더지가 고개를 갸웃했다.

"뭐라고 해야 할까……. 저랑 비슷한데 저보다 작다고 할까요."

"사랑하던 대상을 잃어버리면 마음이 아프죠. 우리 집 뒷마당에는 애벌레들이 많이 살았는데, 모두 아주 사랑스러웠어요. 게다가 애벌레들은 아주 똑똑했어요. 그런데 어느 순간 애벌레들이 떠났어요. 모두 싹. 쪽지 같은 것도 안 남기더군요."

두더지는 잠시 고개를 폭 숙였다. 쥐는 생각했다. 내가 요점을 딱 찔렀군. 세계 최고의 위선자에게 상을 준다면, 두더지와 두꺼비 중 누구한테 줘야 할지 고르기 힘들겠어.

쥐가 말했다.

"질문에 대답하자면, 어린 두더지를 만나기는 했어요. 가출했다면서 우리 집에서 잠시 지내게 해 달라고 부탁하더군요. 내가 말했죠. '글쎄, 조금 더 신중하게 생각하는 게 어떻겠니? 한 달 더 생각해 보고 다시 오렴'"

두더지가 흐느꼈다.

"한 달이라고요?"

"어린 두더지한테 그렇게 말했어요 그러니까 한 달 뒤에 다시 와요. 아주머니의 딸이 여기 오면, 제가 잘 데리고 있을게요. 딸이 여기 오지 않을 수도 있지만, 어쨌든 한 달 뒤에 오세요."

두더지는 희망을 품고 돌아갔다. 쥐는 집으로 다시 들어가며 중얼거렸다.

"멍청이."

뱀이 카펫에서 납작한 머리를 쳐들자, 쥐는 앞으로 먹잇감이 제 발로 찾아올 것이라고 말했다.

"그러면 우리 둘이서 함께 보내는 시간이 더 많아지겠지. 아가, 좋지? 그래, 너도 분명 좋아할 줄 알았어."

갈라진 혀를 날름대는 뱀을 보며 쥐는 세상에서 뱀처럼 아름다운 동물은 없다고 다시 한 번 생각했다. 똑똑하기도 하지. 아름답고 똑똑하고, 무엇보다 나한테 충성을 다하지.

───〰───

한 달 뒤, 두더지가 다시 찾아왔다. 두더지는 문 앞에 서서 정중하게 노크했다. 아무런 대답이 없자, 두더지는 문을 더 세게 쾅쾅 두드리려 했다. 바로 그때 두꺼비가 폴짝폴짝 뛰어 와서 말했다.

"쥐를 찾아왔어요? 못 만날걸요."

두더지가 고개를 돌려서 눈을 가늘게 뜨고 두꺼비를 보았다.

"보름 전에도 내가 노크했어요. 문이 부서져라 두드렸는데 아무도 안 나왔어요. 저쪽에 있는 다람쥐들한테 물었는데, 이번 달 초부터 굴뚝에서 연기가 안 났대요. 다람쥐들 말로는, 쥐가 여름에도 벽난로를 땠는데 연기가 전혀 안 나다니 이상하다고 하더군요. 다람쥐들은 쥐가 떠났다고 짐작하더군요. 내 짐작도 그래요. 남편감을 만나서 함께 떠났겠죠. 쥐들은 조금이라도 좋은 상대를 만나면 그 상대랑 휙 떠나잖아요."

낙심한 두더지는 잃어버린 딸 이야기를 두꺼비에게 들려주었다. 두꺼비도 잃어버린 자식들 이야기를 두더지에게 들려주었다. 하지만 두더지와 두꺼비는 울지도 않고 서로를 위

로하지도 않았다. 두더지와 두꺼비가 쥐의 문에 귀를 댔다면,
무조건적인 사랑을 외치던 쥐가 뱀의 배에서 풀려나려고 쿵
쿵거리는 소리를 들었을지도 모른다.

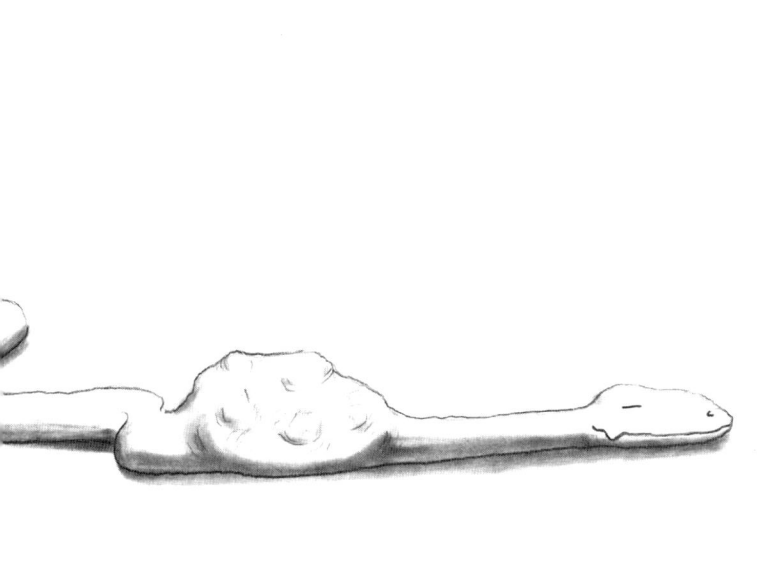

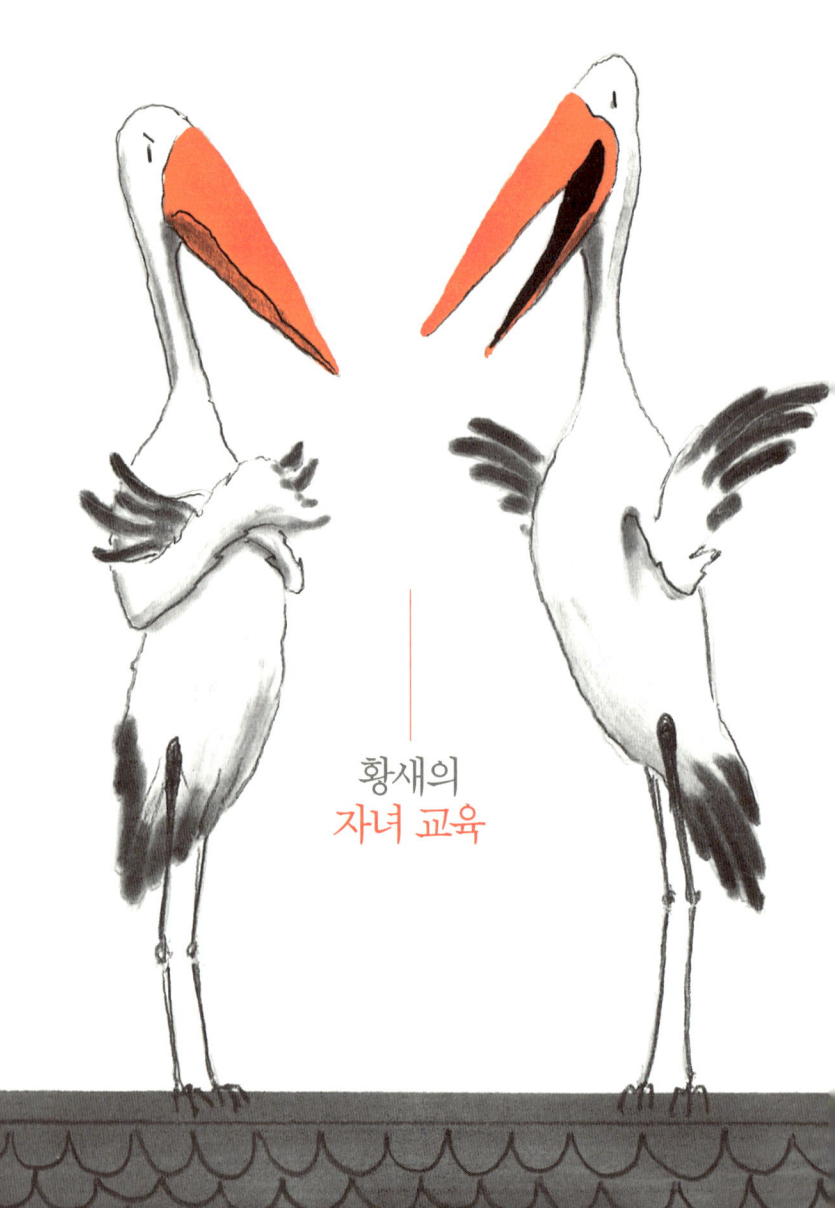

황새의
자녀 교육

태어난 지 보름밖에 되지 않은 새끼 황새가 조숙하게도 아기가 어디서 나오는지 물었다.

　어미 황새가 말했다.

"세상에, 까다로운 질문이네."

　어미 황새는 스스로를 시대에 뒤떨어지지 않은 엄마라고 여겼지만, '그래도 선을 그어야 하지 않나' 하고 생각했다.

"나중에 대답할게."

　어미 황새는 청어를 평소보다 조금 힘껏 아들의 입에 넣었다.

　몇 시간 뒤, 어미 황새는 아들과 있었던 일을 동생에게 들려주었다. 동생도 얼마 전 새끼를 낳은 어미였다. 언니 황새는 '자식들한테서 늘 좋은 말만 들을 수 있는 것은 아니다'라는 뜻으로 이야기했는데 당황했다. 동생이 뜻밖의 반응을 보였기 때문이다.

"하나뿐인 아들이 질문했는데, 언니는 대답을 피했다고?"

"그래, 대답 안 했어. 뭐, 아직 어린애잖아. 걔가 그렇게 복잡한 일을 어떻게 알아듣겠니?"

"그럼, 애들은 대답을 원하는 때에 들을 수 없어? 아니, 거짓말을 대답으로 들어야 해?"

"충분히 나이를 먹은 뒤에 들으면 되지."

"우리가 자식한테 거짓말하고 또 거짓말하면, 나중에 애들이 우리 말을 믿을 것 같아?"

"우리도 그렇게 자랐잖아. 그래도 나는 엄마 아빠한테 나쁜 기억이 없는걸. 뭐, 엄마 아빠가 거짓말을 많이 한 것도 아니고. 일이 꼭 네 말처럼 심각해지는 것도 아니잖니."

동생 황새는 언니의 말에 왜 이리 화나는지 스스로도 놀라며 언니에게 쏘아붙였다.

"아, 그래? 그렇게 심각해질 일이 없어? 어디, 예를 하나 들어 봐."

언니 황새는 실눈을 뜨고 주위 지붕들을 바라보다가 입을 열었다.

"좋아. 내가 처음으로 보름달을 보았을 때야. 할아버지가 그러셨어. 달은 수십 억 년 전에 만들어진 위성이라고. 나는 그 말을 계속 믿었지 뭐야. 그리고 아주 오래 지난 뒤에야 진실을 알았어."

"진실이 뭔데?"

"달은 하나님이 만드셨어."

동생 황새는 갑자기 토할 것 같았다.

"누가?"

"하나님. 하나님께서 세상과 천국을 만드셨어. 일주일도 안 걸려서 먼지에서 세상을 다 만드셨지. 광장에 있는 성당 꼭대 기에서 추기경이 하는 말을 들었어. 정말이지 아주 유익한 이 야기였어."

"그럼, 아기를 데려오는 것도 하나님이라고?"

"아니, 아니지. 아기는 쥐가 데려오잖아."

동생 황새는 한참이 지난 뒤에야 비로소 입을 열 수 있었다.

"어머, 언니. 우리 아기는 몸집이 커. 세상 어떤 쥐가 황새 새 끼를 데려올……."

언니 황새가 말했다.

"특별한 쥐들이야. 그 쥐들은 자기보다 훨씬 무거운 것도 들 수 있어. 우리가 알을 낳을 때까지 숨어 있다가, 우리가 등을 돌릴 때 새끼를 살며시 가져와서 알이 있는 자리에 넣어."

동생 황새가 말했다.

"우리는 굴뚝 꼭대기에 둥지를 틀잖아. 작은 쥐가, 그것도 살아서 막 꿈틀대는 새끼 황새까지 들고 높은 굴뚝 꼭대기로 올라간다고? 굴뚝 위로 올라가는 동안 새끼 황새는 어떻게 안 떨어뜨려?"

"마법 주머니도 모르니?"

동생 황새는 언니처럼 어리석은 황새가 어떻게 둥지를 짓고 아이를 키울 수 있는지, 아니 어떻게 제 몸을 건사할 수 있는지 기막힐 뿐이었다.

"아, 어련하겠어. 쥐들의 마법 주머니. 도대체 그런 이야기는 어디서 들었어?"

"아, 어떤 수컷 황새한테서. 나랑 잠자리를 같이한 수컷."

이번에는 동생 황새가 지붕을 멍하니 바라보다가 입을 열었다.

"수컷이랑 암컷이 잠자리를 같이하면 아기가 나온다고 애한테 얘기하지 그랬어? 나도 미친 소리라는 거 알지만, 애가 커서 마법의 쥐 이야기를 완전히 이해할 때까지 도움이 될 거야."

"그럴까?"

"그래, 그게 좋겠어."

언니 황새가 날아갔다. 동생 황새는 날아가는 언니를 보며 몸을 부르르 떨다가 생각했다. 같은 부모에게서 태어나 거의 비슷할 때 독립하고 같은 도시에 살면서 같은 물을 마시는데,

왜 나는 이렇게 똑똑하고 언니는 저렇게 한심하지?

동생 황새는 언니와 나눈 대화가 아직 귓가에 쟁쟁한 채 자기 아이가 있는 곳으로 돌아갔다. 동생 황새의 아이는 태어난 지 열흘 된 딸이었다. 딸이 먹을 것을 바라며 부리를 벌리자, 황새는 한숨을 쉬었다.

"배고픈 건 아는데, 엄마가 지금 피곤해. 네 뒤치다꺼리를 하기 전에 좀 쉬어야겠다."

황새는 둥지에 떨어진 깃털들을 부리로 집어서 밖으로 던진 뒤 딸에게 말했다.

"엄마가 왜 피곤한지 궁금하니?"

딸이 부리를 더 크게 벌리자, 황새는 끄응 하고 신음을 뱉었다.

"남한테도 좀 관심을 가져 봐. 그런다고 죽지 않아. 이 엄마가 분명히 말했지? 피곤하다고. 기분이 안 좋다고. 구석에 몰린 기분이고 외롭다고. 그런데 너는 이 엄마한테 '그렇군요. 이제 먹을 것 내놔요'라는 말만 해? 그거 아주 못된 짓이야. 그래, 어떤 엄마든 자식을 무조건적으로 사랑하지. 하지만 모성애에도 타이머가 있어. 자식이 이기적으로 굴면 모성애도 멈춘다고!"

딸 황새가 부리를 다물었다.

"이 엄마가 왜 우울한지 알아? 네 사촌 때문이야. 네 사촌이 아기가 어떻게 생기는지 궁금하대. 너희 나이에는 당연히 궁금할 일이야. 그걸 궁금히 여긴다고 부끄러워할 필요는 없어. 지난주에 네 아비의 바람기를 이야기하면서 내가 설명했지? 섹스는 삶에서 중요한 부분이고 아름다운 것이라고. 네 아비가 바람피운 이야기 생각나지? 좋은 연인이 있는가 하면 나쁜 연인도 있다고 내가 말했잖아. 네 아버지는 배우자가 뭘 바라도 병적으로 무관심하다는 말도 했고. 남녀가 똑같이 오르가슴을 느껴야지, 수컷만 욕구를 채우고 끝나면 암컷은 이해심까지 잃어버릴 수도 있다고 말했잖아. 그것도 기억나니?"

까마귀 한 마리가 지나갔다. 딸 황새는 고개를 돌리지도 않고 눈으로만 까마귀를 쫓았다.

"너 때문이 아니라 네 이모 때문이야. 네 이모의 말에 너무 신경이 쓰여서 우울해졌어. 네 이모는 쥐가 아기를 데려온다고 철석같이 믿고 있더라."

딸 황새의 눈이 휘둥그레졌다.

"그래, 내 반응도 너랑 똑같았어."

황새는 딸을 보았다. 며칠 만에 처음으로 한 줄기 희망을 느꼈다. 그리고 딸이 배고프리라 생각하고 먹잇감을 찾아서 날아갔다.

딸 황새는 날아가는 어머니를 지켜보다가 동생이나 오빠나 언니가 있으면 좋겠다고, 엄마가 아닌 다른 누구라도 옆에 있으면 좋겠다고, 자기 이야기를 잠깐이나마 떠들지 않는 누가 옆에 있으면 좋겠다고 또 다시 바랐다. 딸 황새는 태어났을 때부터 자신이 외자식으로 살 운명이라고 느꼈다. 그런데 이제 쥐가 그 운명을 바꿀지도 모른다고 생각했다.

문제는 '쥐가 어떻게 아기를 데려오는가'였다. 쥐가 황새 둥지를 차례차례 들르나? 쥐한테 아기를 달라고 청할 수 있

나? 그런 부탁만 하면 쥐가 아기를 데려오나? 딸 황새는 둥지
너머로 고개를 내밀었다. 아기를 데려오는 쥐를 만나 쥐한테
말을 걸 수 있기를 바랐다. 그러다가 고개를 밖으로 더 내밀
었다.

아내에게
충실한 세터

　아내는 나를 만나기 전, 농장에서 살았어. 유기농 채소와 자기들이 먹을 딸기를 가꾸고 열 마리 남짓한 암탉을 키우는 작은 농장이었지. 아내는 암탉들을 욕했어. 하나같이 '정말 짜증스러운 놈들'이라고. 처음 아내한테서 그 이야기를 들었을 때, 나는 웃었지. '놈'은 수컷한테만 쓰는 욕이잖아. '좆같은 놈'도 마찬가지야. 아내는 늘 암컷한테도 그 표현을 썼어.

예를 들어, 가끔 우리 집 쓰레기통을 뒤지는 암컷 너구리가 보이면 아내는 주방 창에 코를 납작하게 붙이고 나한테 말하곤 해.

"저 좆같은 놈, 얼마나 배짱이 두둑한지 몰라."

그리고 아내는 왕왕거리지.

"야, 이놈아! 다른 집 빌어먹을 마당에서 쓰레기통이나 뒤져!"

아내의 입이 험한 것은 아내의 혈통 사분의 일이 스패니얼이기 때문일 거야. 아내는 스패니얼 피가 팔분의 일밖에 안 섞였다고 우기지만, 귀를 보면 분명한데 우겨도 소용없지. 귀는 물론이고 주둥이도 스패니얼인걸.

어쨌든 그래도 나는 아내를 사랑하지 않을 수 없어. 아내가 바람을 피웠을 때도 나는 용서했거든.

아내는 마지막으로 낳은 새끼 네 마리를 가리키며 말했어.

"쟤들도 당신 애들이야."

글쎄, '좆같은 너구리 놈'을 닮았으면 닮았을까, 나는 전혀 닮지 않은 애들이었어.

걔들 아비가 누구인지는 나도 잘 알고 있었어. 건너편에 사는 불테리어였어. 하지만 어쩌겠어? 누구나 한 번쯤 실수하지 않아?

솔직히 나는 처음부터 그 불테리어가 싫었어. 그 불테리어는 전혀 믿음이 가지 않는 개였거든. 나랑 아내의 취향이 왜 그렇게 다르냐고? 글쎄, 내가 애당초 그 불테리어를 전혀 신경 안 썼기 때문이지. 그 불테리어가 못생겼다는 것은 나도 의식하고 있었어. 그 음침한 작은 눈이라니. 멍청한 것도 확실했지. 하지만 내가 그 불테리어에 대해서 확실한 '의견'을 가진 것은 아니야. 뭐, 그 네 마리 강아지가 태어났을 때는 이야기가 달라졌지만…….

강아지들이 태어난 지 일주일도 지나지 않았을 때야. 불테리어가 인간 여자애의 얼굴을 물었어. 아니, 물어뜯었다는 게 더 맞는 표현이야. 불테리어 옆집에 사는 금발 여자애였어. 나는 우리 주인이 모는 자동차 뒷자리에 있었어. 자동차가 진입로에서 막 빠져나가는데, 구급차가 오더군. 세상에, 아주 난리도 아니었어. 여자애 부모는 넋이 나갔더군.

내가 나중에 아내한테 그 이야기를 들려주자, 아내는 하품했어.

"뭐, 애는 나중에 또 낳으면 되잖아."

내가 말했지.

"뭐라고?"

그러니까 아내가 말하더군.

"인간은 우리 개들이 새끼를 잃으면 그렇게 말하잖아. 우리라고 인간들한테 그렇게 말 못 할 이유가 뭐야?"

"그럼, 우리가 인간처럼 수준 낮게 굴어야 한다고?"

아내도 불테리어의 성격이 급한 것은 인정했어. 아내는 불테리어가 농담도 지저분하게 한다고 말했어. 하지만 내 바람과 달리 아내는 불테리어를 제대로 비난한 적이 없어. 불테리어가 자동차에 실려서 알 수 없는 곳으로 끌려간 날, 아내는 종일 뾰루퉁해서는 애들한테 말하더군.

"머리가 아파. 이 엄마는 토할 것처럼 머리가 아파."

아내는 이튿날에도 머리가 아프다더군. 일주일 내내 머리가 아프다면서 애인이 살던 건너편 집만 바라보더군.

얼마 지나지 않아, 여자애가 머리에 붕대를 칭칭 감고 병원에서 돌아왔어. 눈에도 코에도 입에도 구멍이 나 있었어. 그 구멍들에서 각각 그 위치에 걸맞게 눈물, 콧물, 침 같은 액체가 흘렀어. 인간 어린애를 아무리 싫어한다 해도 그 여자애를 보면 가여워하지 않을 수 없었을걸. 아니, 적어도 내 생각에는 누구나 가여워해야 해. 그런데 아내는 그 여자애를 탓하더군. 그 여자애만 아니었으면 불테리어가 아직 건너편에 살고 있을 거라고 생각한 거지.

결국에는 아내도 불테리어를 잊겠지. 그건 나도 잘 알고 있었어. 그때까지 나는 한 발짝 물러서서 조용히 기다리는 게 최선이었어. 우리 주인이 신문에 광고를 내고 그 빌어먹을 강아지들을 분양했어. 강아지들이 사라지니까 낫더군. 아, 강아지들이 떠날 때 물론 나도 슬피 울었어. 하지만 내 자신을 위해서 운 게 아니라 아내를 위해 울었지. 입양한 자식한테도 정을 쏟는 마당에 나는 왜 그러느냐고? 이봐, 아내가 바깥에서 다른 놈 애를 배고 낳았다고 생각해 봐. 아, 내 말을 오해하지 마. 나도 걔들이 잘살기를 바라. 단지 다시 만나지 않기를 바랄 뿐이야.

—〰—

다시 아내와 나, 둘만 남았어. 나는 전처럼 평범한 생활로 돌아갈 수 있을 줄 알았어. 그런데 그때 우리 주인이 내 아내한테 자궁 절제 수술을 시켰어. 아내는 추운 날씨에 병원으로 끌려갔어. 아무것도 못 보고, 아무것도 못 느꼈어. 마취로 잠들 때에는 아이를 잘 낳는 몸이었지만, 깨어났을 때에는 빈 껍질이 됐지. 자궁인지 뭔지 여하튼 아내 몸에 있던 기관들이 싹 사라졌지.

나는 아이를 못 낳아도 정말 괜찮다고 아내한테 말했어. 그러자 아내가 으르렁거리더군.

"괜찮다고? 웃기지 마. 내가 애를 못 낳게 돼서 좋아 죽겠지?"

"그게 무슨 말이야?"

"그 속을 내가 모를 줄 알아? 이제 내가 바람피울 일은 없겠다고 생각하고 있잖아. 아니, 바람을 피워도 최소한 새끼가 생길 일은 없겠다고 생각하고 있잖아."

아내는 자궁 절제 수술을 받은 게 내 탓인 양 말하더군. 내가 달랬지.

"자기야, 이러지 마."

아내는 그 뒤로 사흘 동안 나한테 한마디도 안 건넸어. 아내가 도대체 무슨 생각을 하는지 누가 알겠어? 나? 나는 개 경주에서 만난 바이마라너(독일 사냥개의 한 종류 - 옮긴이)만 계속 생각했어. 그 바이마라너 주인은 개랑 이야기를 못 나누어서 안달이 난 인간이었어. 왜, 개를 키우는 인간들 중에는 그런 인간이 있잖아. 손발을 다 땅에 대고 개처럼 엎드려서 멍멍 짖고, 아니 아예 벌러덩 누워서 개한테 애교를 떠는 인간. 그런 인간은 개 경주 경기장에서 보기 드문데, 바이마라너 주인은 정말이지 가관이었어. 그 인간이 지난가을에는 병원에 가서 편도선을 뗐대. 붓거나 아픈 것도 아니었는데, 그냥 의사한테 떼어 달라고 했대. 아마 의사한테 이랬겠지.

"지방도 없애지 말고 그대로 병에 넣어서 저한테 주세요."

그 인간은 저녁에 집으로 온 뒤 편도선을 나이프로 잘게 잘라서 바이마라너한테 주며 이랬다나.

"자, 아가, 먹어. 너를 너무 사랑해서 내 몸 일부를 먹이지 않을 수 없어."

내가 바이마라너한테 물었어.

"그래서?"

바이마라너가 말하더군.

"닭고기 맛이랑 아주 비슷했어."

아내랑 말을 안 하는 동안 생각했어. '아내의 자궁은 맛이 어땠을까?' 그래, 이상한 생각인 건 나도 알아. 하지만 그 생각이 머리에서 떠나지 않았어. 종족을 먹고 싶은 이상한 욕구가 내 안에 숨어 있었을까? 아내의 자궁을 떠올리다 보니, 평범한 섹스 판타지가 자궁을 먹고 싶다는 기이한 생각으로 변했을까? 글쎄, 아내한테 이야기하고 싶었지만 그런 말을 들으면 아내가 나를 어떻게 볼지 뻔했지. 그래서 그냥 입을 다무는 게 낫다고 생각했어.

그 직후였어. 아내가 애인을 다시 만나겠다면서 나더러 그 불결하고 미친 생각을 받아들이래. 내 머릿속에는 붕대를 감은 여자애가 또 떠올랐어. 여자애는 감염인지 뭔지 여하튼 합

병증이 생겨서 병원으로 다시 갔어. 거실 창문으로 여자애가 보이더니 금세 제 부모와 자동차에 타더군.

아내가 중얼거렸어.

"어린 게 엄청 약한 척하네."

말을 안 한 지 억겁이 지난 것 같은 뒤에야 처음 꺼낸 말이었어. 아내는 엉금엉금 텔레비전 앞으로 가서 누웠어. 아내가 좋아하는 자리지. 아내는 혼자 있고 싶을 때 그 자리로 가. 내가 텔레비전을 싫어하기 때문이야. 나는 텔레비전 프로그램을 싫어하는 게 아냐. 텔레비전이라는 기계 자체가 못 견디게 싫어. 냄새가 지독하거든. 그래서 나는 늘 거실에는 깊이 안 들어가고, 여기 문간 카펫 한쪽에 자리를 잡아.

"잘난 체 씨, 그러시겠죠."

아내는 가전제품 냄새나 장난감이나 무엇에든 나랑 의견이 갈릴 때마다 나를 '잘난 체 씨'라고 불러.

아내는 말하곤 해.

"나는 누구처럼 좋은 집안에서 못 자라서 이 모양이야."

사실이야. 아내가 좋은 집안 출신은 아니지. 아내는 그 이야기를 자주 꺼내. 시골에서 잡종 개로 태어나 자기혐오에 빠진 아내는 그런 말로 스스로를 방어하는 거야. 그래서 나는 아내가 그런 말을 해도 그저 흘려들으려 애써.

아내는 화나면 내 혈통을 걸고넘어져. 사실, 나는 종견이야. 우리 주인이 나를 다른 순종 세터 암컷들과 교미를 시키지. 그래, 내 일을 두고 이러쿵저러쿵 말들이 많은 것은 나도 알아. 하지만 그건 일일 뿐이야. 그걸 두고 불륜이라고 말할 수도 없어. 바람을 피우는 건 스스로 선택하는 거잖아. 하지만 나는 주인이 시키는 대로 할 뿐이야. 어쩔 수 없어.

내가 아내한테 말하지.

"그 상대들이랑 나 사이에는 사랑이 전혀 없어. 이건 바람피우는 게 아니야. 그냥 일이야. 맙소사, 내 일일 뿐이라고!"

그러면 아내는 나더러 급여를 받고 싶으면 시각장애인 안내견 일이나 하라고 대꾸하면서 빈정대지.

"아, 더 좋은 게 있네. 경찰견이 돼서 마약 냄새를 찾아서 킁킁거리면 되겠네. 텔레비전은 싫어하고 책 냄새만 좋아하는 그 잘난 코로."

그러면 내가 이러지.

"책이라면 무조건 좋아하는 줄 알아?"

사실이야. 스릴러는 정말 싫어.

—〰—

아내의 흉터가 아직 덜 아물고 우리 부부의 불화가 계속되는 중에 나는 집에서 서쪽으로 몇 시간 떨어진 곳에 사는 암컷에게 보내졌어. 일 때문에 관계하게 되는 암컷과는 대개 인사 이상의 말을 주고받지 않는데, 그날은 좀 달랐어. 그 동네는 특히 아름다웠어. 언덕이 많고 숲이 우거졌어. 우리 주인은 대개 내가 일을 끝낼 때까지 옆에서 기다리는데, 그날은 나만 차에서 내려놓고 자기는 자동차 안에서 푹 쉬더군.

순종 암컷한테 순종 새끼를 임신시키기 위한 짝짓기는 섹스라고 부를 수도 없어. 이 분도 채 안 돼서 끝나거든. 그런데 그 암컷 세터랑은 이야기를 나누게 됐어. 둘 다 순종 세터라는 것부터 큰 공통점이었지. 어릴 때 십이지장충 때문에 고생한 것도 공통점이었어. 양초 맛과 그 질감을 좋아하는 것도 보기 드문 공통점이었지.

암컷 세터가 말했어.

"향초는 빼고요."

나도 거들었지.

"특히 싸구려 바닐라 향초가 최악이죠."

암컷 세터는 내 말에 동감하면서도 '싸구려'라는 말은 굳이 붙일 필요도 없다고 지적했어.

"바닐라 향초는 다 싸구려잖아요."

내가 강아지 때 씹은 적 있는 계피 향초 이야기를 꺼내자, 암컷 세터는 내 말에 동조하며 역겹다고 길게 울었어. 그때 아내가 생각나더군. 아내가 우리 대화를 들으면 어떤 반응을 보일까.

아내는 어떤 맛이나 냄새에 취향을 갖는 게 죄라도 되는 양 이러겠지.

"코를 하도 쳐들어서 자기 방귀 냄새도 못 맡을 것들."

내가 암컷 세터한테 말했어.

"내가 또 싫어하는 게 뭔지 알아요? 방향제예요. 그중에서도 코코넛 향이 최악이죠."

암컷 세터가 말했어.

"글쎄요, 코코넛 향은 잘 모르겠지만, 야생 체리 향이라면 같은 생각이라고 말할 수 있겠네요."

나는 킁킁거리기라도 할 듯 어깨를 웅크리고 말했어.

"세상에, 야생 체리 향!"

방향제부터 개 용변 패드, 우체통 모양의 장난감, 래브라두들(래브라도레트리버와 푸들의 잡종 – 옮긴이)까지 이야기했어. 나는 암컷 세터한테 교미 행위를 한 번 더 하는 게 어떻겠냐고 물었어.

"혹시 첫 번째 행위가 불발로 끝났을 수도 있잖아요."

그러자 암컷은 곧장 기꺼이 자세를 잡으며 말했어.

"그런 건 묻지 않고 시작해도 돼요."

———⚏———

세 번째로 할 때에는 나도 묻지 않았어. 그리고 네 번째는 그냥 저절로 벌어진 것 같았어. 암컷 세터는 네 번째를 '여진 餘震'이라고 표현하더군. 불륜이라고 부를 사람도 있겠지만, 나는 일에 완벽을 기한 것이라고 부르겠어. 나는 아내가 있는 몸이라고 처음부터 확실히 밝혔거든.

암컷 세터가 말했어.

"결혼했어요? 어떻게 그럴 수 있어요?"

나는 우리 주인의 옛 애인 때문에 아내랑 결혼하게 됐다고 말했지.

"우리 주인은 그 애인이랑 헤어졌지만, 나랑 아내는 계속 같이 살고 있어요. 글쎄, 우리 결혼 관계에 법적 구속력이 얼마나 있는지 모르지만, 어쨌든 나는 아내가 아니면 누구와도 살기 싫어요."

그 말은 사실이야. 나는 무엇보다 아내가 나를 필요로 한다는 사실이 좋아. 내가 옆에서 보살피지 않으면, 아내는 제 정부가 시작한 일에 끝장을 볼 게 분명해. 맞은편에 사는 여자애는 더 심하게 망가지겠지. 그래서는 안 되잖아? 나는 아내한테 계속 맞은편 여자애한테 집착하면 안 된다고 말해. 하지만 아직 아내는 무슨 주술에 걸린 것 같아. 나는 그런 사연을 암컷 세터한테 최선을 다해 설명했지. 내가 이야기를 마치자, 암컷 세터가 고개를 갸웃했어.

"그러니까 그쪽 부인이 불테리어한테 세뇌됐다고요?"

"그런 셈이죠."

"세상에, 저는 불테리어라면 늘 질색했어요."

바로 그때 우리는 또 여진에 휘말렸어.

—⁓—

우리 주인은 해 질 녘에야 다시 나타났어. 나는 주인의 자동차를 타고 집으로 향했지. 에어컨이 켜 있었지만, 나는 몇 번 끙끙거려서 주인이 차창을 내리게 했어. 나는 창밖으로 고개를 내밀었지. 이십 분쯤 갔을까. 불난 건물이 보였어. 낮은 벽돌담으로 둘러싸인 삼 층짜리 집이었어. 우리 주인이 차를 세웠어. 주인이 나를 못 나오게 막기 전에 자동차에서 튀어나가 주인 옆 잔디밭에 섰어. 우리 부부가 다 있었다면, 주인은 우리를 자동차에서 못 나오게 가뒀겠지. 하지만 끈을 매고 있지 않아도 주인이 나를 믿었어. 게다가 내 덕분에 주인은 더 멋진 사람으로, 실제보다 훨씬 흥미로운 사람으로 돋보일 수 있거든.

트레이닝복 차림에 맨발로 선 여자 주위에 사람들이 모여들기 시작했어. 주인과 나도 그 여자 가까이로 갔지. 여자는 닥스훈트를 안고 있었어. 모두가 여자와 닥스훈트를 지켜보는 사이, 여자는 닥스훈트의 귀를 쓰다듬고 이마에 계속 키스했어. 닥스훈트는 몸을 뒤틀며 빠져나오려고 기를 쓰더군. 어떤 노인이 다가와서 여자를 껴안은 뒤에야 여자는 닥스훈트를 내려놓았어. 나는 그 닥스훈트와 이야기를 나누게 됐지. 여자가 연기 냄새를 맡고 집에 불이 난 것을 알아챈 뒤에 챙겨서 나온 것은 그 닥스훈트뿐이었대. 닥스훈트가 말하더군. "물론 내가 죽지 않고 살았으니까 기뻐할 일이지만, 저 집에는 우리 주인의 십대 아들도 있어."

닥스훈트가 이 층 창을 가리켰어. 창에서는 검은 연기가 뭉게뭉게 솟았어.

"그 아들은 제 엄마랑 끝없이 싸웠지만, 그래도 나한테는 늘 잘했어. 불쌍한 아이 같으니."

닥스훈트가 한숨을 쉬었어. 여자가 다시 닥스훈트를 안으려고 팔을 내렸어. 그때 내 눈에는 그 불쌍한 닥스훈트의 미래가 얼핏 보였어. '다른 사람이나 물건을 구할 수도 있었지만 나는 너를 선택했어.' 그런 중압감을 느끼면서 대체 어떻게 살아?

　내가 그 닥스훈트의 행운을 빌 때, 소방관들이 도착했지. 세 명이 집 안으로 들어가려 하는 순간, 지붕 한쪽이 폭삭 무너졌어. 어두워지는 하늘에 불꽃이 일었지. 그 불꽃이 땅에 내려앉을 때, 불에 탄 살 냄새가 어렴풋이 났어. 그제야 시장기가 몰려왔어. 나는 생각했어. 운이 좋으면, 주인은 집으로 돌아가는 길에 잠시 차를 멈추고 포장지로 싼 햄버거를 두 개 사서 하나는 자기가 먹고 하나는 나를 주겠지. 그러면 나는 불에 구운 고기 냄새와 토마토케첩 냄새에 파묻혀 집으로 돌아가겠지. 그리고 처량한 아내를 사랑하는 힘들고 긴 여정을 또 계속하겠지.

까마귀의
명상법

어느 아침, 까마귀가 먹잇감을 찾아다녔다. 저 아래 들판에서 갓 태어난 양 한 마리가 어미의 젖을 빨고 있었다. 까마귀는 생각했다.

　저 양들을 봐. 저런 생활을 할 수 있다면 뭐든 바치겠어. 어미는 새끼를 낳기만 하고 그냥 저렇게 가만히 누워서 새끼가 젖을 빨게 두면 그만이잖아. 나는 둥지도 지어야 하는데! 늘 먹잇감을 찾아서 돌아다녀야 하는데! 그나마도 먹이는 항상 부족한데!

　무엇보다 양이나 소와 달리 어미 새는 새끼를 가르쳐야 했다. 양과 소는 새끼들끼리 서로 배웠다. 새끼 양과 소들은 애당초 배울 것도 많지 않으면서 '배울 게 태산'이라고 말하곤 했다.

배울 게 태산이라니! 고개만 숙이면 먹을 게 있잖아. 꼬리만 들면 먹은 걸 쌀 수 있고. 먹을 때 고개를 숙이는 게 힘들어? 그럼 다른 일은? 뒤에 묻은 똥을 서로 몸에 비비다니. 몸을 씻는 법도 배우지 않으면서 도대체 배울 게 뭐가 태산이야?

까마귀는 그렇게 따지고 싶었다.

아, 양과 소는 벌레 때문에 끙끙거리지. 종일 눈앞에 파리들이 윙윙대니까. 그런데 이건 몰랐지? 파리는 똥을 찾아다녀. 그러니까 파리가 이마에 모여드는 게 싫으면, 얼굴을 깨끗이 씻어! 세상에, 풀을 뜯는 동물들은 멍청해. 하지만 멍청한 게 나한테는 오히려 도움이 되기도 하지.

까마귀는 몇 번 맴을 돌다가 초원에 앉은 뒤, 풀 사이에서 뭘 쪼는 척했다. 늙은 암양이 잠시 까마귀를 바라보았다. 그리고 갓난 새끼에게 다시 눈을 돌렸다. 어미 양은 새끼 양을 씻기고 있었다.

까마귀는 저 목욕이 새끼 양에게 평생 처음이자 아마 마지막일 것이라고 생각하며 소리쳤다.

"아기가 귀엽네요. 아들인가요, 딸인가요?"

"아들이에요. 첫째도 아들인데, 또 아들이네요."

암양은 한숨을 쉬었다. 딸이기를 바랐는데 아들을 낳았거나 혹은 그 반대일 때 부모가 으레 짓는 한숨이었다. 암양은 원래 더 상냥한 성격이지만, 새들에게는 그다지 상냥할 수 없었다. 암양은 새들이 쓸모없다고 생각했다.

"어머, 진심으로 드리는 말씀인데, 아드님이 장골이네요."

까마귀는 폴짝 뛰어서 암양 옆으로 더 가까이 다가간 뒤 덧붙였다.

"그런데 자연분만으로 낳으셨어요?"

암양은 까마귀에게 냉담한 반응을 보이려 했지만, 분만 이야기로 자신이 대화의 중심이 되자 저도 모르게 대화에 열중했다.

"아, 그럼요. 백 퍼센트 자연분만이었죠. 뭐, 그게 제 방식이거든요. 아실지 모르겠지만, 자연스러워야 더 진짜가 되잖아요."

까마귀가 고개를 끄덕였다.

"태반은 어쩌셨어요?"

"아, 제가 먹었죠. 맛이 끔찍했어요. 하지만 있죠, 어미와 자식 사이를 굳게 다지려면, 어미가 태반을 먹는 게 중요하잖아요."

"당연하죠."

까마귀는 고개를 숙이고 풀을 노려보았다. '잘나고 고상한' 채식주의자가 태반을 먹다니! 태반은 고기가 아닌가? 까마귀는 암양에게 더없이 짜증이 났다.

"그럼 탯줄도 삼키셨겠네요?"

암양은 살짝 진저리를 치는 표정을 지었다.

"말도 마세요. 양들이 간소한 의식을 치르면서 탯줄을 땅에 묻고 있었거든요. 그런데 개들이 땅을 파는 소리가 들리지 뭐예요. 묻은 탯줄을 파내는 건 거기 담긴 믿음까지 파내는 게 아니고 뭐겠어요. 그렇죠? 아, 오해 마세요. 제가 미신을 광적으로 믿는 건 아니에요. 의식이 벌어지는 곳을 일부러 찾아다니지는 않지만, 그래도 저는 제가 아주 영적인 존재라고 생각해요."

"신앙심 운운하는 것보다 훨씬 훌륭한 태도네요."

그 말을 마치고 까마귀는 암양에게 한 걸음 더 가까이 다가가서 말을 이었다.

"스스로 옳다고 생각하는 것만 따르시는 그 태도는 정말이지 존경스러워요. 하지만 맹목적인 다른 양들도 있잖아요. 가령, 털을 깎는 일을 두고 양은 털을 못 깎는다는 말도 있죠. 말이나 닭이면 모를까, 양이 털을 못 깎을 이유가 어디 있겠어요?"

암양이 낄낄거렸다.

"털이라면 몸서리가 나요. 더운 여름에는 특히 더해요!"

"바로 그거죠. 도움이 안 되는 남의 말을 왜 그대로 다 믿어야 해요? 어디서 들었는데, 양은 돼지를 건드리면 안 된다는 말도 있다면서요?"

"아, 그 말에는 나도 찬성이에요!"

암양은 두껍고 고른 이빨을 드러내며 또 웃었다.

까마귀가 은밀한 이야기인 척 말했다.

"솔직히 말하면, 저도 돼지는 건드리기 싫어요. 하지만 내가 돼지고 새끼한테 젖을 줘야 한다고 가정해 보세요. 어떻게 해야 하죠? 새끼 돼지를 젖소한테 줘요? 굶어 죽게 내버려 둬요?"

암양이 말했다.

"무슨 뜻인지 알았어요."

"그러니까 우리는 스스로 선택해야 해요. 여기서 조금, 저기서 조금, 자신한테 맞는 것을 골라야죠. 가령, 저는 요즘 동양 명상법들을 조금씩 섞어서 실천해요. 아침마다 십 분쯤 눈을 감고 바깥세상과 자신을 완전히 단절시키죠. 쓸데없는 소리, 시끄러운 상황…… 모두 사라져요."

암양은 들판 끝으로 고개를 돌렸다. 개울과 그 너머로 한가로이 뻗은 미루나무 숲을 실눈으로 바라보았다.

"여기에는 시끄러운 상황이 별로 없네요. 다른 곳에 비하면 아주 조용해요."

까마귀가 말했다.

"그냥 익숙해진 것뿐이에요. 다른 양들, 귀뚜라미 등등에 익숙해졌죠. 글쎄, 저도 지금 애를 키우고 있어서 드리는 말씀인데, 아드님이 우리 애 같으면 필요한 게 있을 때 세상이 떠나가라 시끄럽게 울 텐데요."

"아, 그렇죠."

"겉보기에는 다를지 모르지만, 제대로 보면 이 농장 소음이 정말 신경을 거스를 수 있어요. 그래서 명상이 필요하죠. 명상은 '세상아, 물러가라. 지금은 내가 스스로에게 잘할 시간이야'라고 말하는 방법이죠."

암양은 자기 새끼를 보았다. 새끼는 네 다리를 몸 아래에 접고 앉아서 고개를 꼿꼿이 들고 있었다. 새끼의 눈은 어미 양의 젖꼭지만 보고 있었다.

"그런데 있죠, 그거…… 어려운 건가요? 방금 말씀하신 그거 ……."

"명상요? 먼저 질문에 대답하자면 더할 수 없이 쉬워요. 우선 눈을 감으세요. 확실히 꽉 감는 게 중요해요. 조금이라도 바깥이 보이면 나쁜 에너지가 들어와서 정신을 흐트러뜨릴 수 있어요."

암양은 까마귀의 말대로 했다.

"자, 이제 정해진 규칙은 없어요. 하지만 동양에서는 주문을 외우죠. 한 문장이 영혼에 딱 새겨질 때까지 그 문장을 반복하고 또 반복하는 거예요. 지루해 보이죠? 그래도 효과는 정말 아주 좋아요."

“어떤 문장요? 시 같은 거요?”

“뭐, 시도 괜찮겠네요. 저는 뭐랄까, 자신감을 북돋는 주문을 외워요. 제가 생각해내서 만든 주문이지만, 마음에 들면 얼마든지 쓰세요. 제 주문을 쓰다 보면, 나중에 분명 더 좋은 주문을 떠올리실 수 있을 거예요.”

“지저분한 주문은 아니죠? 옆에 우리 아이가 듣고 있어서……”

“당연히 아니죠. 지저분한 주문이라뇨. 너무하세요.”

“그쪽을 깎아내릴 뜻은 전혀 아니었어요. 그냥…… 저기…… 주위에서 들리는 이야기가…….”

“까마귀는 하나같이 천박하다고요? 하지만 누구나 머릿속으로는 섹스를 생각하지 않나요?”

“아휴, 주문을 쓰게 해 주시면 정말 고맙겠다는 말이었어요. 언짢아서 마음을 바꾸셨다면 할 수 없지만…….”

까마귀는 새끼 양과 어미 양을 차례로 보며 생각했다.

저렇게 귀여운 아기가 자라서 저렇게 흉측하고 둥글둥글하게 변하다니. 새랑 정반대야. 새끼 새는 더없이 흉해. 하지만 새끼 때에는 너무 어리고 순진해서 미모를 이용할 수도 없는데, 외모가 예쁜들 무슨 소용이람? 암양 같은 동물한테는 눈을 계속 감고 있는 재주가 꼭 필요할걸. 짝짓기를 할 때에는 특히 더 필요하겠지.

까마귀의 머릿속에는 숫양이 초라하고 늙은 다리를 암양의 등에 얹고 헉헉거리는 광경이 떠올랐다. 까마귀는 그 생각을 떨치려고 고개를 절레절레 흔들었다.

"제 주문을 쓰세요. 하지만 곧 직접 주문을 정하셔야 해요."

까마귀는 몸을 기울여서 암양에게 귀엣말했다.

"자, 이제 눈을 꼭 감고 고개를 숙이세요. 그리고 주문을 스무 번 외우세요. 아니, 서른 번 외우는 게 더 좋겠어요. 마치고 나면 완전히 달라진 자신을 발견하실 수 있어요."

암양은 까마귀가 시키는 대로 했다. 암양이 축축한 풀밭에 대고 중얼거리는 동안, 까마귀는 옆으로 가서 새끼 양의 눈알을 부리로 쪼았다. 눈알 하나는 그 자리에서 다 먹고, 다른 하나는 부리 사이에 끼웠다. 까마귀는 그 눈알을 아이들에게 가져가려고 날아올랐다.

암양은 아직도 명상에 깊이 빠져 있었다. 눈을 꼭 감고 도둑과 사기꾼, 협잡꾼이 좋아하는 주문을 되뇌었다.

"나는 어쩔 수 없이 해야 할 일을 할 뿐이야. 나는 어쩔 수 없이 해야 할 일을 할 뿐이야."

병든 쥐와
건강한 쥐

아주 어릴 적부터 줄곧 몸이 아픈 흰쥐가 있었다. 두통이 없으면 복통이 있었고, 아니면 인후염, 눈병이 있었다. 잇몸에서는 고름이 흘렀다. 귀에서는 이명이 들리고, 조금만 먹어도 곧장 변을 보아야 했다. 이제 췌장암이라는 진단을 받았다. 차라리 다행이었다. 흰쥐는 새 룸메이트에게 신음했다.

"마침내 죽을 수 있겠군."

룸메이트는 같은 흰쥐로 암컷이며, 그날 아침에 수컷 흰쥐가 사는 공간에 들어왔다.

두 흰쥐가 함께 사는 곳은 유리 탱크였다. 유리 벽 여기저기는 앞발 핏자국들과 토한 자국들로 얼룩졌다. 암쥐는 새집의 꼴에 눈살을 찌푸리며 한숨을 쉬었다.

"뭐, 이런 말을 꺼내기는 미안하지만 불치병에 걸리는 건 어느 누구의 잘못도 아닌, 자기 잘못이에요."

숫쥐가 말했다.

"무슨 말씀인지 못 알아들었습니다."

암쥐는 물병으로 다가가서 앞발을 수도꼭지에 딱 대고 씻기 시작했다.

"스스로가 병을 불렀다고 생각하는 게 좋아요. 우리는 불치병에 걸리면 환경을 탓하고 누구나 그런 병에 걸릴 수 있다고 주장하죠. 하지만 사실, 우리 자신이 불치병을 불러들인 거예요. 우리 자신의 증오와 비관적인 생각이 불치병을 부르죠."

숫쥐가 기침을 하며 가래를 뱉었다. 가래에 폐 조직이 조금 섞여 나왔다.

"그럼, 이게 내 잘못이라는 말인가요?"

암쥐가 말했다.

"어머, 벌써 증명된 일일걸요. 댁은 스스로가 얼마나 비관적인지 미처 못 깨달았겠죠. 어쩌면 수동적으로 공격적인 성격인지도 모르겠네요. 주위의 관심도 못 받았죠? 아니었다면 누가 댁한테 비관적이라고 지적했을 텐데⋯⋯. 어쨌든 나는 댁한테도 지적하지 않을 수 없네요. 나도 지적을 받아요. 모두가 나한테 이러죠. '어쩜 그리 늘 밝을 수 있어요? 그렇게 늘 미소만 짓고 있으면 입이 아프지 않아요?' 내 미소가 지나치다고 말하는 이도 있지만, 나한테는 그 미소가 일종의 백신이에요. 내가 행복하고 세상을 사랑하는 한, 나는 병에 안 걸려요."

"한 번도 안 걸렸어요?"

"아, 독감에 딱 한 번 걸린 적 있어요. 하지만 그건 순전히 내 잘못이었죠. 내가 친구라고 착각한 어떤 이가 뒤에서 내 험담을 하고 다녔어요. 내 몸무게를 두고 이런저런 험담을 하고, 그런 식이었죠. 화가 났어요. 그래서 걔가 아프기를 바랐죠. 딱 삼 분 동안 바랐을 뿐이에요. 죽기를 바랐다는 말은 아녜요. 그냥 조금 아프기를 바랐어요. 뭐, 다리에 쥐가 나기를 바란 정도랄까. 그런데 걔가 앓는 모습을 상상하기 시작하니까 내 입에서 재채기가 나오지 뭐예요. 내 몸이 나를 타이른 거죠. '쯧쯧, 그런 상상은 좋지 않아.' 그러자 코가 마르고 열이 나더군요."

"친구인 줄 알았는데 뒤에서 못된 험담을 하던 그이는 어떻게 됐어요? 댁이 독감에 걸렸으면 그이한테는 무슨 일이 일어났죠?"

"뭐, 아직은 아무 일 없었어요. 아직은 때가 아닌가 보죠."

그리고 암쥐는 분홍 눈을 아주 살짝 가늘게 뜨고 덧붙였다.

"그렇지만 확신해요. 걔한테 무슨 일이 일어나면 독감보다 훨씬 나쁠 거예요. 당뇨일지도 모르죠."

"꽤 바라는 듯 말씀하시네요."

암쥐가 숫쥐를 쏘아보다가 입꼬리가 눈에 닿을 만큼 크게 미소를 지었다.

"전혀 아녜요. 걔가 잘되기만을 바라요."

숫쥐는 벽에 기대서서 손으로 이마를 짚었다.

"나는 아무도 싫어한 적 없어요. 하지만 돌아보니 지난 룸메이트가 죽은 뒤로 쭉 혼자 지냈군요."

"그것도 암의 원인이죠. 나가서 어울려야 해요. 건강하려면 대화가 중요해요. 악의 없는 농담이랑 수수께끼도 중요하죠."

물병 옆에 난 구멍에서 알갱이로 된 모이가 떨어졌다. 암쥐가 알갱이 하나를 한입 물었다.

"어디서 들었는데, 단조시를 읊으면 심장 질환이랑 특정 암이 치료된대요. 믿어져요? 단조시가 그렇대요!"

숫쥐가 눈썹을 가다듬었다.

암쥐가 설명했다.

"단조시가 뭔지 알죠? 왜, 이런 거 있잖아요. '쥐가 살았네 랄 랄 라 / 그 쥐는 랄 랄 랄 랄 랄 랄 라.'"

"예, 알아요."

숫쥐는 속으로 창녀 쥐와 죽은 고양이에 대한 단조시를 떠올리고 낄낄거린 뒤 암쥐에게 물었다.

"하이쿠는 어때요? 하이쿠는 더 단기적인 병을 치료하는 데에 도움이 되나요?"

"내가 놀리는 말도 못 알아들을 쥐로 보여요? 뭐, 괜찮아요. 댁은 환자고 곧 죽을 테니까요. 하지만 나는 더할 수 없이 건강하고, 이빨도 튼튼하고, 삶에 대한 태도도 긍정적이죠. 그러니까 나를 놀려서 댁의 기분이 조금이라도 나아진다면 얼마든지 놀려요."

암쥐가 예의 그 커다란 미소를 짓기 시작하는 순간, 철망 천장이 열리고 인간의 손이 나타났다. 처음에는 밀랍으로 만든 손으로 보일 만큼 그 손은 불투명하고 딱딱했다. 손은 암쥐에게 점점 다가와서 암쥐를 눌러 바닥에 쓰러뜨렸다. 그제야 암쥐는 손에서 고무 냄새를 맡고, 손의 모양새가 장갑 때문임을 알아챘다. 손이 또 하나 들어왔다. 그 손에는 주사기가 들려 있었다. 암쥐의 배를 찌른 주삿바늘 끝에서 갖가지 바이러스를 마구 섞은 주사액이 흘러나와 암쥐의 몸으로 들어가는 동안 숫쥐는 나뭇조각들 위에 몸을 딱 붙이고 생각했다.

숫쥐가 알기로 단조시는 장소를 표현하는 구절로 시작하게 마련이었다. 가령 '디모인에서 온 젊은 두더지가 있었네' 혹은 '요크타운에 흰 담비가 살았네' 등등이었다. 하지만 숫쥐는 지금 자기가 어디에 살고 있는지 몰랐다. 실험실인 것은

분명했지만, 이 실험실이 어느 도시에 있는지는 전혀 알 수 없었다. 그 점을 염두에 두고 숫쥐는 이런 단조시를 떠올렸다.

내 룸메이트였던 암쥐가 있었네.
암쥐는 병이 우울에서 온다고 말했지.
그 암쥐가 에이즈 바이러스를 주사로 맞았네.
그리고 나는 알았네.
암쥐의 생각은 그리 달콤하지 않았지.

단조시를 지어 보니 신기하게도 정말 몸이 나아진 기분이었다.

젖소의
크리스마스
선물

    젖소는 못됐기로 악명 높았다. 그래서 다가오는 크리스마스에 비밀로 선물을 주고받는 계획을 세울 때, 농장 동물 모두가 놀랐다. 못된 젖소가 가장 먼저 좋은 계획이라고 말했기 때문이다. 그 계획을 처음 제안한 동물은 말이었고, 말의 제안을 젖소가 얼른 지지하며 말했다.

"나는 칠면조한테 선물할래."

선물에 관한 한 자신이 권위자라고 생각하는 돼지가 목청을 가다듬었다.

"그렇게 누구를 꼭 집어서 말하면 안 돼. 있지, 이건 비밀 선물이야. 그러니까 각자 자기가 선물을 주고 싶은 동물의 이름을 적고 크리스마스 아침까지 모두 비밀에 부쳐야 해."

젖소가 말했다.

"왜 늘 그래야 해?"

오리가 한숨을 쉬었다.

"또 시작이군."

젖소는 하던 말을 계속했다.

"처음에는 크리스마스 선물을 주라고 하더니, 그다음에는 네 방식대로 따르라고 명령해? 왜, 아예 이렇게 말하지 그래? 네 다리가 네 개라서 다른 누구보다 월등하다고."

돼지가 따졌다.

"네 다리도 네 개잖아."

젖소는 신음도 아니고 한숨도 아닌 소리를 내며 말했다.

"알았어, 꼬리가 말려 있으니까 월등하다고 바꿀게."

돼지는 자기 꼬리를 보려고 고개를 돌렸지만, 몸 옆쪽밖에 볼 수 없었다. 돼지가 수탉에게 물었다.

"내 꼬리가 둥글게 말렸어, 아니면 흉하게 말렸어?"

젖소가 말했다.

"요점은, 내가 이리저리 치이는 데 지쳤다는 거야. 다들 나처럼 지치지 않았어?"

젖소는 생각을 굽힐 뜻이 전혀 없었다. 모두가 앞으로 일주일 내내 젖소의 불평을 듣기 싫었으므로, 젖소는 칠면조에게 선물을 주고 다른 동물들은 선물할 상대의 이름을 비밀에 부치기로 결론지었다.

—〰—

물론 농장에는 가게가 없었다. 동물들 모두가 돈을 가지고 있는데 가게가 없다니 안타까운 일이었다. 동물들은 주로 동전을 가지고 있었다. 농부가 떨어뜨리거나 농부의 통통하고 침울한 아이들이 심부름을 가며 떨어뜨린 동전들이었다. 예전에 젖소는 삼 달러 가까이 돈을 모으기도 했다. 그때 젖소는 그 돈을 도시로 가는 송아지에게 주며 말했다.

"배낭 좀 사 와. 농부 딸이 가진 배낭이랑 비슷하면 돼. 하지만 색은 녹색이 아니라 파란색이고, 크기는 더 큰 것으로. 기억할 수 있지?"

송아지는 헛간에서 나가기 전, 뺨 안에 돈을 넣었다.

젖소는 나중에 투덜거렸다.

"난들 송아지가 다시는 못 돌아올 줄 알았겠어? 내가 운이 없었지."

송아지가 떠나고 처음 며칠 동안 젖소는 계속 들떠서 기대했다. 헛간 문을 지켜보고 트럭 소리에 귀를 기울이며 배낭을 기다렸다. 이전에는 자신만의 물건이라 할 만한 것이 없었기 때문이다.

기다려도 부질없다고 깨달은 뒤, 젖소는 자기 연민에 빠졌다. 그다음에는 분노했다. 송아지가 나를 이용해 소중한 내 돈으로 표를 사서 버스에 오르며 생각했겠지. '바보야, 영원히 안녕.'

젖소는 나중에 농부 부부의 대화를 어깨너머로 듣고 마음을 달랬다. '동물을 도시로 데려가는 것'이 전기 해머로 동물의 머리를 내려치는 것을 에둘러 이르는 말임을 깨달았기 때문이다. '바보야, 영원히 안녕.'

젖소는 인간 옆에 다른 동물보다 훨씬 가까이 있었다. 젖짜기 때문이었다. 젖소는 인간의 말에 계속 귀를 기울여서 많은 것을 배웠다. 누가 누구와 데이트하는지, 기름 한 통이 얼마인지 등도 알았고, 크리스마스 만찬 메뉴 같은 사소하지만 유용한 정보들도 얻었다. 농부 가족은 추수감사절 때 양로원에 있는 농부 어머니를 찾아갔고, 닭고기 기름에 담근 포테이토 칩 같은 음식을 먹었다. 그래서 농부 가족은 그때 일을 크리스마스에 갚을 계획을 세웠다. 농부의 아내가 말했다.

"풍성하게 차릴 테야. 장식 하나도 빼놓지 않고."

칠면조는 자신이 크리스마스이브에 죽임을 당할 줄 모르고 있었다. 아무도 몰랐다. 하지만 젖소는 알고 있었다. 그래서 젖소는 비밀 크리스마스 선물을 줄 상대로 칠면조를 고른 것이다. 또한 그래서 젖소는 선물을 준비할 부담도 느끼지 않을 수 있었고, 칠면조가 계속 호들갑을 떨어도 참을 수 있었다.

동물들이 각자 선물할 상대의 이름을 적은 이튿날, 젖소는 칠면조에게 말했다.

"내가 네 선물로 뭘 준비했는지 알아? 너는 상상도 못 할걸."

칠면조가 물었다.

"목욕 매트야?"

일전에 칠면조는 농부의 빨랫줄에 걸린 매트를 보고 이유 없이 금방 매트에 사로잡혔다. 그때 칠면조는 모두에게 '바닥에 놓는 타월이라니 정말이지 이렇게 멋진 아이디어는 난생처음 본다'고 계속 말하곤 했다.

젖소가 말했다.

"아, 목욕 매트보다 훨씬 좋은 거야."

칠면조가 들떠서 떠들었다.

"말도 안 돼! 목욕 매트보다 더 좋은 게 있다고? 정말?"

젖소는 칠면조가 떠드는 모습에 환히 웃으며 말했다.

"크리스마스 아침이면 알게 돼."

—◁◁◁—

대부분의 동물은 비밀 선물로 음식을 준비했다. 나서서 말한 동물은 없었지만, 젖소는 다른 동물들이 음식을 숨기는 것을 알아챘다. 말은 귀리를, 돼지는 두툼한 빵 껍질을, 그렇게 모두가 자기 음식에서 찌꺼기가 아닌 가장 맛있는 부분을 조금 남겨 보관했다. 먹을 것을 무척 밝히는 수탉조차 자기가 먹을 곡물을 한 줌이나 모아서 헛간 한구석에 놓인 빈 기름통 뒤에 숨겼다. 수탉을 비롯해 모두가 틀림없이 배고팠겠지만 아무도 불평하지 않았다.

젖소는 그 점에 가장 신경이 쓰였다. 젖소는 생각했다. 나를 위해서 자기 음식을 남기고 있는 건 누굴까? 특별한 음식을 생각하자 젖소의 입에 침이 고였다. 젖소는 돼지를 보았다. 돼지는 우리 안에서 싱글거리며 앉아 있었다. 젖소는 다시 고개를 돌려서 칠면조를 보았다. 칠면조는 겨우살이 줄기로 만든 크리스마스 장식을 목에 걸고 동물들 사이를 춤추듯 지나가며 동물들 하나하나에게 물었다.

"아직 선물 못 받았어?"

칠면조의 들뜬 모습에 젖소는 더없이 짜증이 났다. 크리스마스이브까지 기다리다가는 죽을 것 같았다. 하지만 젖소는 그날까지 기다렸다. 그리고 적당한 때, 아침을 먹은 직후에 젖소는 칠면조 옆에 슬며시 다가가서 속삭였다.

"네 목이 잘릴 거, 너도 알지?"

칠면조는 웃는 듯 마는 듯 기이한 웃음을 지었다. '농담이지?'의 뜻과 '제발 농담이라고 말해'의 뜻을 모두 담은 웃음이었다.

젖소가 솔직히 털어놓았다.

"농부가 하거나 그 아이들 중 하나가 할 거야. 아마 둘째가 하겠지. 귀고리를 단 애 말이야. 전기톱으로 목을 치겠다고 농담도 하더라. 하지만 내가 아는데, 분명 도끼를 쓸 거야. 도끼가 더 전통적이거든. 뭐, 우리 모두가 알고 있지만 농부 가족은 전통을 중요하게 여기잖아."

칠면조는 농담이라고 결론짓고 웃었다. 그러나 싱글벙글하는 젖소의 표정을 보고 젖소의 말이 사실임을 깨달았다.

칠면조가 물었다.

"언제부터 알고 있었어?"

젖소가 대답했다.

"몇 주 됐어. 너한테 얼른 알릴 생각이었는데, 이런저런 일들이 많아서 잊어버렸어."

"나를 죽여서 먹는대?"

젖소가 고개를 끄덕였다.

칠면조는 목에 걸고 있던 크리스마스 장식을 벗으며 말했다.

"뭐, 별일 아니네."

———※———

칠면조는 다른 동물들의 크리스마스를 망치기 싫었다. 그래서 크리스마스 동안 친척 집에 다녀오겠다고 말했다.

"친척들 여럿이 지난밤에 켄터키에서 날아와서 모두 모였거든."

정오가 되어 농부와 둘째 아들이 농장에 나타나자, 칠면조는 곧바로 동물들에게 말했다.

"모두 안녕. 며칠 뒤에 만나."

모두가 손을 흔들며 인사했다. 하지만 젖소는 손을 흔들지 않고 빈 여물통만 내려다보았다. 젖소는 저녁에 선물로 받아서 먹게 될 특별한 음식이 얼마나 맛있을지에 정신이 팔려 다른 일은 생각할 수 없었다. 바로 그때 젖소에게 끔찍한 일이 생겼다. 문간에 수탉이 서 있었는데, 젖소가 밖으로 뛰어나가다가 수탉을 밟을 뻔했다. 젖소는 바깥쪽에 대고 소리쳤다.

"잠깐만! 뒤 좀 돌아봐! 누구 이름을 적었어?"

칠면조가 말했다.

"뭐라고?"

"누구를 적었어? 비밀 선물 게임에서 누구한테 선물할 생각이었어?"

칠면조가 멀리서 대답했다.

"자연히 알게 될 거야."

칠면조의 목소리는 나직한 노랫가락 같았다. 칠면조가 떠난 뒤에도 그 노랫가락은 허공에 오래 감돌았다.

경계심 많은
토끼

어느 아침, 개울가에서 꼬리가 흰 사슴이 배가 갈린 채 발견되었다. 숲에서 사는 동물들은 겁을 먹고 안절부절못했다. 참새의 표현을 빌면 '넋이 나갔다'. 며칠 뒤에는 스컹크가 발견됐다. 씹히고 남은 머리뼈가 짧게 남은 등뼈에 붙은 모습이 전부였다. 성격으로 말하자면, 스컹크는 인기 있는 존재가 아니었다. 딱히 잘생기지도 않았다. 하지만 그래도 그렇지! 그 다음에는 다람쥐가 사라졌다. 이제 무슨 조치를 취해야 한다고 의견이 모아졌다. 커다란 떡갈나무 옆, 숲 속 빈터에서 회의가 소집됐다. 먹을 것을 찾아서 아주 멀리까지 날아가곤 하는 매가 문을 만들어야 한다고 제안했다.

"인간들이 사는 곳에서 문을 봤어. 내가 보기에는 문이 꽤 효과가 좋아."

사향쥐가 물었다.

"어떤 효과를 내는데?"

매는 문을 세우면 숲으로 들어오려는 동물은 누구라도 문 앞에서 신분을 밝혀야 한다고 설명했다.

"쓰레기들이 못 들어오게 막을 수 있어."

그리고 나쁜 일은 쓰레기들이 일으키게 마련이라고 덧붙였다.

그날 두 번째로 사향쥐가 손을 들었다.

"그 쓰레기가 들어오는 것을 못 막았을 때에는 어떡해?"

매가 말했다.

"그러면 경보를 울려야지. 소리만 크면 어떤 것도 경보가 될 수 있어."

문을 짓는 일은 비버의 몫이었다. 경첩을 달 때 조금 어려움을 겪었지만, 마침내 제대로 만들었다. 문 옆에는 낡은 '출입 금지' 표지판에서 뗀 종을 달았다.

"내 꼬리로 종을 칠 수 있어."

비버는 그 말에 덧붙여 종을 세게 쳤다.

종소리가 언덕으로 메아리쳤다. 메아리가 수그러들 즈음,

토끼가 나타났다.

"누가 너를 문지기로 뽑았어?"

토끼는 녹슨 금속 종이라면 누구라도, 게다가 꼬리가 아주 크지 않은 동물이라도 칠 수 있다고 덧붙였다. 토끼는 그렇게 말하며 무거운 막대기를 집어서 종으로 다가갔다. 비버가 낸 소리만큼 크게 종소리가 울렸다. 토끼가 큰소리쳤다.

"게다가 나는 귀도 더 밝아. 내가 더 날씬하고, 내가 더 재빨라. 안전에도 훨씬 민감해. '경계심 많다'고 말할 수도 있지."

동물들 모두가 비버를 보았다. 비버는 그저 '그러시든지'라는 말만 남기고 자기 굴로 뒤뚱뒤뚱 걸어갔다.

─ww─

경비 대장으로서 보내는 첫날 아침, 토끼는 뱀에게 잠시 멈추라고 명령했다. 뱀은 토끼를 쳐다보고 깔깔 웃었다. 어찌나 웃었는지 눈물이 맺힐 지경이었다.

토끼가 물었다.

"왜? 내가 우스워?"

뱀은 꼬리로 눈물을 훔쳤다.

"이 바보들. 담이 없는데 문이 무슨 소용이야?"

"무슨 소용?"

"아무 의미도 없잖아. 이 문을 지나가지 않으면 어쩔래? 몇 십 미터만 내려가서 쓰러진 소나무 옆을 기어서 지나가면 그 동물은 어떻게 막을래?"

"어떻게 막느냐고?"

토끼가 되묻고 무거운 막대기를 집어서 뱀의 머리를 박살 냈다. 토끼는 발로 땅을 차서 뱀의 시체에 흙을 뿌렸다. 그리 고 '출입 금지' 표지판에 '웃음 금지'라는 글을 덧붙였다.

조금 뒤, 까치가 문으로 날아와서 문 앞에 흩어진 뱀 머리 조각들을 쪼아 먹었다. 까치가 한입 가득 음식을 문 채 말했다.

"트집 잡는 건 아니지만, 하늘로 날아오는 동물은 어떻게 막 아? 비행 금지 구역은 만들었어?"

토끼가 되물었다.

"날아오는 동물을 어떻게 막느냐고?"

그리고 또 무거운 막대기를 집었다. 그런 뒤에 토끼는 뱀 시체를 파내서 까치 시체와 함께 문에 매달았다. 이제 그 두 시체는 토끼가 널리 경고하고자 하는 바를 확실히 드러내는 표시였다. 토끼는 시체들을 건 뒤 표지판에 글을 또 덧붙였 다. 이제 표지판은 이랬다. '출입 금지. 웃음 금지. 멍청한 질 문 금지. 명심할 것.'

바람 한 점 없는 더운 날이었다. 한 시간도 지나지 않아서 쉬파리들이 죽은 두 동물의 얼굴에 모여 앉았다. 쉬파리들의 날갯소리에 개구리가 다가왔다. 개구리는 문 옆 냇가에서 폴짝폴짝 뛰어오르며 혀를 날름거렸다. 그리고 배부를 때까지 쉬파리로 포식했다. 개구리는 배가 다 찬 뒤에야 표지판을 읽고 토끼에게 말했다.

"농담도 질문도 하면 안 된다니 내 말은 촌평이라는 점을 미리 밝혀야 하겠군. 네가 지키는 문을 지나가려면 걸음을 멈춰서 길고 복잡한 절차를 지루하게 통과해야 하잖아. 나는 그런 헛소리에 관심이 없어. 그래서 대신 내가 사는 냇가로 돌아가서 수영해서 들어가겠어. 딱정벌레가 우글거리는 네 잘난 삼류 숲으로."

개구리가 돌아서자 토끼는 무거운 막대기를 아주 재빠르게 집었다. 그다음에 토끼는 개구리를 문에 걸고 표지판에 '악담 금지'도 덧붙였다.

얼마 지나지 않아서 수달이 다가와서 뭉개진 개구리 시체를 보았다. 수달 시체 냄새에 끌려서 오소리가 문으로 왔다. 점점 많은 시체들이 매달리자 문이 기울기 시작했다. 토끼는 부러진 나뭇가지로 문을 지탱한 뒤 표지판에 글을 더 적었다. '추잡한 눈빛 금지. 내가 제정신인지 의심 금지. 내 귀와 앞니

모욕 금지.' 토끼가 '예의 없다'는 뜻의 단어가 '무례'인지 '무레'인지 '무뢰'인지 고민하고 있을 때, 토끼의 몸이 그림자에 가렸다. 토끼는 고개를 들었다. 거대한 흰 유니콘이 보였다. 유니콘의 목에는 비단결 같은 갈기가 미나리아재비 색으로 물결쳤다. 유니콘의 뿔도 갈기만큼 멋졌다. 황금으로 만들어진 뿔 같았다. 유니콘이 다가오자 토끼는 연필을 내려놓았다.

"이름과 용무를 말해."

"나는 유니콘이야. 숲 동물 모두에게 기쁨을 주러 왔어."

"그 뿔을 그렇게 세운 채로는 못 들어가."

"무슨 뜻이야?"

"무기는 버리고 들어가야 한다는 뜻이지."

"뿔이 있어야 내가 유니콘이지!"

"뿔은 사양이야. 자, 내 말을 따르든지, 숲에 들어가길 포기하든지."

유니콘이 토끼에게 맞섰다.

"하지만 내가 가는 곳에는 행복이 따라! 내가 꼬리만 흔들어도 무지개가 생겨."

토끼는 막대기를 쥐었다.

유니콘이 말했다.

"나를 문으로 들여보내지 않으면 그냥 뛰어넘겠어."

유니콘은 토끼보다 훨씬 크고 힘셌다. 유니콘이 그냥 문을 뛰어넘은 뒤 숲으로 가며 말했다.

"미안하지만 달리 방법이 없었어."

토끼가 중얼거렸다.

"그래? 어디 두고 보자."

그리고 피로 얼룩진 땅에 침을 뱉었다.

유니콘은 숲에 사는 모든 동물을 위해 무지개를 만들며 오후를 보냈다. 그다음에 들꽃들을 피우고, 마법으로 딸기를 만들어서 배고픈 거북에게 주었다. 해가 나무 꼭대기로 내려오자 유니콘은 향기로운 이끼가 깔린 땅에 누워 곤히 잠들었다.

이튿날 아침, 새들이 고운 울음소리로 유니콘을 깨웠다. 유니콘은 하품을 했다. 막 일어서려는데 이끼 위에 더미를 이룬 황금 대팻밥 같은 조각들이 보였다. 유니콘은 자기 이마를 확인하고 썩어가는 시체들이 높이 쌓인 문으로 급히 내달렸다. 유니콘이 소리쳤다.

"누가 내 뿔을 다 깎았어?"

토끼가 차분히 규칙은 규칙이라고 대답했다.

"네가 머리에 무기를 세운 채 돌아다니게 그냥 둘 수 없지. 그랬다가는 다른 동물들도 다 그냥 내버려 둬야 해."

"하지만 내 뿔에는 마법의 힘이 있어!"

"내가 뿔은 안 된다고 분명히 말했잖아."

이제 흔히 보이는 평범한 흰 말이 된 유니콘은 웃자란 풀밭으로 슬금슬금 꽁무니를 뺐다. 토끼는 유니콘의 뒷모습을 지켜보다가 표지판으로 몸을 돌렸다. 토끼가 중얼거렸다.

"마법의 힘 좋아하네. 특별한 맛도 없더구먼."

토끼는 또 침을 뱉었다. 그런데 입에서 침이 아닌 다이아몬드가 튀어나와서 땅에 떨어졌다. 토끼가 떨어진 다이아몬드를 뚫어져라 내려다보는 바로 그 순간, 늑대들이 다가왔다.

생각 많은
갈색 닭

더운 오후였다. 닭 자매는 몇 번 마당을 돌아다닌 뒤, 그늘을 찾아서 닭장 안을 어슬렁거렸다. 닭장 안이 붐볐으면 닭 자매는 말을 많이 하지 않았겠지만, 아무도 없었고, 그래서 자매는 어릴 때처럼 가깝게 이야기를 나눴다.

동생 닭이 말했다.

"정상인지 아닌지 모르겠지만, 가끔……. 있지, 언니. 이건 우리 둘만 아는 이야기야. 알았지?"

언니 닭이 고개를 끄덕이자 그제야 동생 닭이 다시 말했다.

"가끔, 수탉이랑 함께 있으면 이런 생각이 들어. 그 수탉이 수탉이 아니면 어떨까 하는 생각."

"수탉이 아니라 오리나 거위라면 어떨까 생각한다는 뜻이니?"

터무니없는 생각을 들은 언니 닭은 아무렇지도 않은 표정을 지으려고 부리 안쪽을 꽉 깨물어야 했다.

"아니면, 칠면조라면 어떨까 생각하니?"

언니 닭은 그 말을 한 뒤에 자제력을 잃고 눈에 눈물이 고일 때까지 깔깔 웃었다.

"미안해, 미안해. 계속 말해."

동생 닭이 말했다.

"아냐, 그냥 못 들은 걸로 해. 중요한 얘기도 아냐."

언니 닭이 말했다.

"그러지 마. 자, 계속해. 수탉이 수탉이 아니면, 뭐야?"

동생 닭이 숨을 깊이 들이쉬고 천천히 내쉬었다.

"글쎄 뭐랄까, 가령 수탉이 나랑 비슷하면 어떨까?"

언니 닭이 말했다.

"갈색이면?"

언니 닭은 자기 말 뒤로 침묵이 이어지자 그제야 동생의 말뜻을 어렴풋이 알아챘다.

"혹시 네 뜻이……."

동생 닭이 말했다.

"그냥, 생각이 그렇다고."

"생각만?"

"두 번쯤 머릿속을 스쳤어."

"두 번?"

언니 닭은 놀랍거나 불쾌한 소식을 들으면 이렇게 되묻곤 했다. 예를 들어, 벼룩이 나타났다는 말을 들으면 언니 닭은 그 말을 한 닭을 보며 '벼룩이 나타나?' 하고 말했다. 문장을 질문으로 바꾸면 상황이 바뀌는 양 상대의 말을 되풀이하며 의문문으로 바꿔 되묻는 것이다.

동생 닭이 말했다.

"언니한테 괜히 말했어."

"괜히 말했어?"

자매가 이야기하는 사이 농부 아내가 들어왔다. 농부 아내는 몸집이 퉁퉁했지만, 동작이 빨랐다. 자매가 달아나기 전에, 농부 아내는 자매의 발을 잡고 한 손에 하나씩 거꾸로 들었다. 언니 닭은 그런 각도로 세상을 본 것이 처음이었다. 마음에 드는지 어떤지 헷갈렸다. 바닥에서 일 미터 위에 달린 문, 밝은 푸른색 하늘에 이상하게 걸린 나무들. 눈앞이 흐릿했다. 기절할 것 같다고 생각한 순간, 농부 아내가 언니 닭의 발을 손에서 놓았다. 언니 닭은 짚무지에 거꾸로 떨어졌다. 하지만 동생 닭은 딱 한 번 획 비튼 농부 아내의 손에 목이 홱 돌아갔다.

회색 뿔닭이 말했다.

"그래도 순식간에 죽었으니까 다행이야."

언니 닭도 동생이 더 끔찍한 죽음을 면한 게 다행이라고 생각했다.

회색 뿔닭이 또 말했다.

"저 여자가 너 대신 네 동생을 택하다니 너는 운이 참 좋았어."

언니 닭도 고개를 끄덕였지만, 속으로는 운과 아무 상관없는 일임을 잘 알고 있었다. 동생은 죽을 만해서 죽었다. 다른 이유는 없었다. 제대로 된 동물이라면 더 살 수 없을 때까지 살고 천국으로 가야 한다. 천국에 가면 온몸을 보석으로 치장할 수 있으며, 시종들이 내오는 곡물을 얼마든지 편히 먹을 수 있다.

반면, 탐욕스럽고 천박한 동물은 갑작스럽고 고통스럽게 죽음을 맞이하며 뒤바뀐 천국으로 간다. 뒤바뀐 천국에 간 동물은 시종이 되며, 보석 대신 뜨겁게 불타는 숯을 온몸에 휘감아야 한다. 동생은 뒤바뀐 천국으로 갔을 것이다. 올바르지 않은 생각을 품었기 때문이다. 그 생각은 상황에 맞지 않는 부자연스러운 행동만큼 나빴다.

언니 닭이 회색 뿔닭에게 말했다.

"그런 일이 일어나서 마음이 아프지만, 적어도 나는 배운 게 있네요."

이튿날 동틀 무렵, 수탉이 울었다. 수탉은 기분 좋은 인물이 아니었다. 마주치기를 바라기보다 마주치면 어쩔 수 없이 참아야 하는, 그런 인물이었다. 하지만 언니 닭은 이미 깨달았다. 수탉을 인정하지 않거나 인정한다 해도 진심으로 하지 않으면, 지옥으로 가는 급행 표를 끊는 셈이었다. 수탉이 언니 닭의 둥지로 다가와서 자리를 잡았다. 언니 닭은 고개를 돌려서 수탉에게 속삭였다.

"꼭 들려주고 싶은 말이 있어. 너를 정말 사랑해."

"안됐군."

언니 닭은 계속 말했다.

"아니, 정말이야. 다른 닭들은 너를 그냥 참고 있지만, 나는 우리가 함께하는 시간을 정말 소중하게 여겨. 어느 누구와도 너를 바꾸지 않을 거야."

수탉은 언니 닭에게 야한 이야기가 아니면 주둥이를 닥치라고 말했다. 그래도 언니 닭이 계속 말하자, 수탉은 고개를 뻗어서 언니 닭의 왼쪽 눈을 쪼았다.

언니 닭은 다른 닭들에게 말했다.

"실수였어. 수탉이 흥분해서 그런 거야. 왜, 알잖아. 흥분하면 종종 그럴 수 있잖아."

하지만 속으로는 크게 충격을 받았다. 수탉에게 부리를 쪼였다면, 그래도 악감정은 느끼지 않을 수 있었다. 하지만 눈은 언니 닭 스스로도 자기 외모에서 가장 자랑하는 곳이었는데, 이제 한쪽밖에 남지 않았다. 다른 한쪽, 원래 눈이 있던 자리에는 이제 질척한 구멍만 남았고 그 둘레에는 피와 고름이 말라붙어 있었다.

키클롭스. 친구들은 언니 닭을 그렇게 부르기 시작했다. 예를 들어 친구들은 이렇게 말했다.

"이봐, 키클롭스. 남은 눈까지 수탉한테 잃지 않게 조심해."

언니 닭을 놀리지 않는 닭은 깡마른 암컷 뿔닭뿐이었다. 언니 닭과 암컷 뿔닭은 늘 마주치며 살았지만, 서로 대화를 나눈 것은 그때가 처음이었다.

암컷 뿔닭이 말했다.

"사실, 그렇게 나빠 보이지 않아. 그러니까 내 말은 없는 한쪽 눈이 너를 너답게 만든다는 말이야."

언니 닭이 미처 생각하지 못한 일이었다. 그래서 암컷 뿔닭의 말에 일리가 있다고 생각했다. 눈 하나가 사라진 것이 자랑스러운 일은 분명 아니지만, 딱히 부끄러워할 이유도 없었다.

"누구한테나 이상한 곳이 있어. 외모에 있을 수도 있고, 남

들 눈에 띄지 않는 내면에 있을 수도 있지. 가령, 나는 동정심
이 지나치게 많아. 태어날 때부터 그랬던 것 같아. 누가 힘들
게 고생하는 모습을 보면, 그게 누구든 나는 견딜 수가 없어.
가령, 지네의 입에 몸이 잘린 애벌레를 보면, 나는 밤에 잠도
안 자고 애벌레가 죽기 전까지 위로해야 해."

언니 닭이 말했다.

"그냥 애벌레잖아. 그냥 먹는 게 낫지 않아?"

"아, 나는 채식주의자야. 곡물만 먹어도 충분해. 어쨌든 곡
물도 하루에 몇 톨 이상은 먹지 않아. 가족을 부양하느라 고
생하며 배를 곯는 박새들을 생각하면 필요 이상으로 먹는 것
은 옳지 않아."

"하지만 박새는 쓰레기 같은 놈이잖아."

언니 닭의 말에 암컷 뿔닭은 웃으며 대꾸했다.

"글쎄, 그럼 우리는 쓰레기를 더 사랑해야지."

암컷 뿔닭은 낮은 나뭇가지에 앉아서 노래하는 종달새에
게 인사했다.

"안녕, 종달새야. 즐겁게 지내고 있니?"

언니 닭은 암컷 뿔닭이 얼마나 야위었는지 놀랐고, 야윈 만
큼 내면의 평화 같은 것을 누리는 것에 놀랐다.

종달새가 노래했다.

"네가 무슨 상관이야? 네가 무슨 상관이야? 네가 무슨 상관이야?"

암컷 뿔닭이 종달새를 보며 환히 웃는 사이, 매가 휙 내려와서 힘센 발톱으로 암컷 뿔닭을 움켜쥐었다. 매의 움직임은 아름답다고 할 만큼 유연했다. 매는 날개도 퍼덕이지 않고 매끈하게 하늘로 다시 날아올라서 멀리 떨어진 나무 꼭대기로 갔다.

종달새는 깔깔 웃었다. 하지만 언니 닭은 그 사건을 반성과 배움의 기회로 여겼다. 자기가 매에게 잡힐 수도 있었지만, 잡히지 않았다. 왜 자신은 표적이 아니었는가가 문제였다. 영적이지 않은 동물이라면 현실적인 면만 보고 뿔닭의 몸집이 더 작아서 쉽게 잡혔다고 생각하겠지만, 언니 닭은 그것이 정답이 아니라고 생각했다. 암컷 뿔닭은 '누구에게나 다른 면이 있다' 혹은 '종달새도 가치가 있다' 같은 말을 하며 지나친 동정심으로 남을 이상하게 도우려 했기 때문에 죽었다. 암컷 뿔닭은 먹는 데 시간을 더 쓰고, 입을 놀리는 데에는 시간을 덜 썼어야 했다. 그것이 이 사건의 교훈이었다. 언니 닭은 그 교훈을 따를 생각이었다.

이제부터는 음식을 두 배로 먹고, 잃어버린 눈도 두 배로 부끄러워할 테야. 무엇보다 수탉을 진심으로 사랑할 테야. 그리고 도둑질이나 하는 얼뜨기 박새들을 계속 비난할 테야.

—〰—

　암컷 뿔닭이 죽은 지 한 달 뒤, 언니 닭은 어찌나 살쪘는지 허벅지가 갈라졌다. 늘 발목이 몹시 아팠다. 목의 깃털은 수탉 때문에 완전히 벗겨졌다. 수탉은 '그 똥 묻은 엉덩이 같은 사랑 타령'을 집어치우라며 언니 닭의 목을 쪼았다. 예전에 왼쪽 눈이 있던 구멍에는 벌레 같은 것이 들어와 기생했다. 그래도 언니 닭은 애써 생각하지 않았다. 언니 닭은 이제 거창한 일들만 생각했다. 주로 죽음을 생각하고, 죽은 뒤에는 무엇을 깨닫게 될까 생각했다.

　어느 밤, 여우가 닭장에 몰래 들어와서 회색 뿔닭을 잡아갔다. 회색 뿔닭은 자기가 죽기에 너무 예쁘다며 비명을 질렀고, 여우에게 물려서 구멍이 난 목으로도 계속 비명을 그치지 않았다. 언니 닭은 생각했다. '허영이야.' 언니 닭은 외모를 가꾸지 않고 하수구에 비친 자기 모습도 살피지 않겠다고 굳게 다짐했다. 천성이 착하고 주위와 잘 어울리는 거위가 번개에 맞아서 죽은 뒤, 언니 닭은 말문을 완전히 닫았다. 수탉은 무척 기뻐했다.

'우울이.' 친구들은 언니 닭을 그렇게 부르기 시작했다. 언니 닭은 혼자 지내는 시간이 점점 길어졌다. 어느 아침, 언니 닭이 닭장에 혼자 있을 때였다. 미끄러지듯 다가오는 뱀이 보였다. 뱀은 어느 둥지에서 달걀을 삼켰다. 통째로 꿀꺽 삼켰다. 언니 닭의 알은 아니었다. 하지만 언니 닭은 아직 부화되지 않은 병아리가 그렇게 심한 벌을 받은 이유가 뭔지 생각하지 않을 수 없었다.

병아리는 아직 존재하지도 않았으므로 언니 닭의 생각은 아주 헛되고 이상할 수밖에 없었다. 부화되지 않은 병아리는 껍질 안에서 혼자 살았다. 그러므로 지나치게 사교적이었다고 비난할 수도, 적당한 양보다 적게 먹었다고 비난할 수도 없었다. 언니 닭이 생각할 수 있는 달걀의 죄는 갈색이고 둥근 것이었다. 언니 닭이 생각했다. '꼭 나 같군.' 바로 그때, 농부 아내가 뒤에서 다가와 언니 닭의 목을 잡았다.

앵무새 기자와
배불뚝이
돼지

왜 기자가 되기로 마음먹었는지 질문을 받으면, 앵무새는 오른쪽으로 살짝 고개를 갸웃하고 잠시 꼼짝도 않은 채 '왜 기자가 되기로 마음먹었느냐고?' 하며 되묻기로 유명했다.

앵무새는 그렇게 되물은 뒤 대답했다.

"글쎄, 간단히 대답하자면 내가 '타고난 기자'이기 때문이라고 할까. 하지만 진짜 내 원동력은 돈이야. 돈이랑 공짜 술."

그리고 앵무새는 깔깔 웃은 뒤 덧붙였다.

"돈 이야기는 그저 농담이야."

앵무새가 일하는 신문은 『이글』지였다. 앵무새가 담당한 부서는 예전에 '여성부'였다가 '생활과학부'로 이름이 바뀌었고, 나중에는 더 간단하게 '생활부'로 바뀌었다. 앵무새가 쓰는 기사들은 대개 피상적인 것이었다. 자동차 경주에 돈을 쏟은 부자 거북을 인터뷰하고, 고양이 백혈병, 고관절 형성 이상, 백선, 사상충 등의 질병 퇴치 기금 마련, 혹은 '구충제 복용을 부끄러워하지 않는 모임'의 기금 마련을 위한 자선 행사를 취재했다.

앵무새는 자기 필력을 드러낼 기회를 바랐고, 마침내 그런 기회가 찾아왔다. 포트벨리드종 돼지(포트벨리드종 돼지는 베트남 원산의 가축으로 몸집이 작고 배가 불룩하며 털이 검은색임 – 옮긴이)가 그 도시 시립 미술관의 관장직을 맡게 됐을 때였다. 신문사에서는 간단한 단신을 원했다. 하지만 앵무새는 다르게 생각하고 점심 약속 시간을 길게 잡았다.

돼지는 제시간에 도착했다. 주문을 한 뒤, 앵무새는 본론으로 들어갔다.

"자, 호찌민 시에서 출발해서 모두가 탐내는 유명 미술관의 관장 자리에 오르기까지 참 먼 길을 오셨네요. 그 여정을 조금 들려주시겠어요?"

"죄송합니다만, 저는 호찌민 시에 가 본 적이 없습니다."

"하지만 그 지역 출신이시죠? 그렇잖아요?"

"아니요, 전혀."

앵무새는 통통한 검은 혀로 뾰족한 부리 위쪽을 핥았다.

"관장님께 맞설 뜻은 없습니다. 하지만 제가 조사를 좀 했는데, 관장님께서는 보험 서류에 공식적으로 '베트남' 포트벨리드종 돼지라고 적지 않으셨나요? 그럼 이제 이야기를 아시아 쪽으로 돌려서 관장님의 과거를 얘기해 볼까요?"

"아, 품종으로 말하자면, 저는 베트남 포트벨리드종 돼지가 맞습니다. 하지만 그건 그냥 형식적인 분류죠. 저는 이 나라에서 태어났어요. 제 어머니와 아버지도, 할머니와 할아버지도 모두 이 나라에서 태어났습니다."

"그렇군요."

앵무새는 수첩에 '자기혐오'라고 갈겨썼다.

"그럼 앞으로 우리 미술관에 관장님의 출신 배경이 얼마나 반영될까요? 동양의 미술품을 더 많이 보게 될까요? 밍 웡의 값비싼 새 작품도 볼 수 있나요? 거대한 '황제의 보물' 같은 희귀품도 볼 수 있나요?"

돼지가 말했다.

"아직 아무 계획도 없습니다."

"대략 큰 계획은 세우지 않으셨나요?"

"글쎄, 아직 완전한 계획은 없지만⋯⋯."

"제가 궁금했던 것은 그게 전부입니다."

앵무새가 말을 마치자 때맞춰 점심이 나왔다.

식당을 예약한 것은 앵무새였다. 앵무새는 순간적으로 떠오른 생각에 따라 '올드 사이공'이라는 식당을 예약했다. 그

식당을 자신이 골랐다는 사실은 기사에 쓰지 않을 작정이었다. 돼지가 평생 젓가락을 쓴 적이 없으며 젓가락이 드라이버인 양 한 발에 한 짝씩 잡았다는 이야기도 기사에 쓰지 않을 터였다. 돼지는 레몬그라스를, 앵무새는 '메콩 스페셜'을 주문했고, 먹는 동안 돼지와 앵무새는 이런저런 이야기를 나누었다. 하지만 대화하면서도 앵무새의 생각은 다른 곳에 가 있었다. 기사 제목을 짜느라 바빴다. '동양의 찢어진 눈에 넘어간 미술관.' 괜찮군. 하지만 부장은 말장난을 싫어하니까 부장을 통과하려면 크게 싸워야 하겠지.

점심을 다 먹은 다음에 돼지는 미술관으로 걸어갔다. 앵무새는 보충 취재를 할 수 있지 않을까 하고 '해외 참전 용사 회관'으로 향했다. 앵무새는 거기서 어깨가 붉은 매를 만났다. 그 매는 베트남에서 실제로 전투에 참가하지는 않았지만, 베트남전쟁이 몇 주 더 이어졌다면 전투에 끼었을 것이라고 말했다.

"거기서 정말 죽을 수도 있었어요. 그런데 그놈들이 이제 '내' 미술관에 와서 '나한테' 이런저런 작품을 보라고 명령하다니요!"

앵무새가 대꾸했다.

"그러게요."

기사 마감은 이튿날 아침이었다. 앵무새는 한숨도 자지 않고 기사를 다 썼다. 부장은 여러 장이나 되는 기사를 보고 얼굴을 찌푸렸다. 그러나 한번 획 읽은 뒤에는 목소리가 누그러졌다.

"잘했어. 지방면 부장한테 보내도 되겠어."

인쇄된 제목이 걸작은 아니었다. '논란 일으키는 포트벨리드 미술관장.' 하지만 앵무새는 생활면이 아닌 다른 면에 자기 기사를 실을 수 있어서 기뻤다. 신문사에서 생활면은 '똥막대기'로 통했기 때문이다. 그래서 앵무새는 제목이 뭐든 신경 쓰지 않았다.

돼지가 앵무새에게 전화했다. 앵무새는 돼지가 화를 내리라 예상했지만 화내지 않았다. 고소하겠다거나 정정 보도를 요구한다는 말도 하지 않았다. 그저 실망했다는 말만 했다. 돼지의 말을 정확히 옮기자면 '크게 실망했다'였다. 앵무새는 전화를 받으면서도 두 번째 기삿거리로 인용할 말이 나올까 하고 펜에 손을 뻗었다.

앵무새가 물었다.

"하실 말씀은 그게 전부인가요?"

돼지는 한숨을 쉬고 가만히 전화를 끊었다.

앵무새가 말했다.

"여보세요? 여보세요? 여보세요?"

돼지 스스로는 인정하지 않았지만, 사실 돼지는 '포트벨리드'라는 말에 신경이 쓰였다('포트벨리'는 원래 '배불뚝이'라는 뜻임 – 옮긴이). 돼지는 어릴 때부터 포동포동했다. 이름이 방사선처럼 세포들에 영향을 미치고 돼지의 모습을 이상하게 만들었는지도 모른다. 웨이터가 들고 지나가는 쟁반에서 카나페 하나를 입에 넣거나 포테이토칩과 볶은 땅콩 한 봉지를 먹으면서도 살이 얼마나 찔지 생각해야 했다. 그런 생각 없이 편히 음식을 먹은 것이 언제인지 가물가물했다.

다른 사람들이 잠자리를 준비할 때, 돼지는 트레드밀에서 달렸다. 다른 사람들이 아침을 든든히 먹을 때, 돼지는 거실에 설치한 철봉에 거꾸로 매달려서 윗몸을 위로 올리는 운동을 했다. 눈앞에 별이 보일 때까지 철봉 운동을 한 뒤에도 바닥에 등을 대고 누워서 윗몸일으키기를 했다. 그런 뒤에야 크래커 반 조각을 먹고 복도 거울에 몸을 비춰 본 후 출근 준비를 했다. 돼지의 허리는 이십팔 인치였다. 체지방 비율은 이 퍼센트였다. 돼지는 배불뚝이가 아니었다. 앞으로 배불뚝이가 되는 일도 없을 터였다. 그런데 배불뚝이라는 뜻의 '포트벨리드'만 강조한 제목으로 신문에 기사가 실리다니!

기자와 통화한 뒤, 돼지는 단식을 시작했다. 동료들이 미술관 구내식당으로 몰려갈 때, 돼지는 자리에 앉아서 창밖을 내

다보았다. 창 너머에서는 멍청한 매가 피켓을 들고 오락가락했다. 참전 용사인 매는 예전 전우들이 시위에 함께하기를 바랐지만, 어느 누구도 매에게 관심을 두지 않았다.

다른 참전 용사들은 말했다.

"전쟁은 끝났어. 이제 새 출발을 할 때야. 포트벨리드 아무개가 벽에 그림을 건들 무슨 상관이야?"

또 '포트벨리드'라는 말이 나왔다.

"빌어먹을 『이글』지의 앵무새!"

돼지의 분노가 조금 커졌다. 하지만 돼지는 앵무새를 탓할 일이 아니라고, 앵무새 기자가 취재원의 이름을 구체적으로 적었을 리 없다고 생각했다. 분명 다른 누가, 뒤로 물러앉아서 명령하는 누가, 다른 동물의 삶이 망가지든 말든 상관없이 '큰 입' 배스, '혹등' 고래, '왜소 사마귀 코 말굽' 박쥐 같은 이름을 마구 부르는 누가 제목을 정했을 것이라고 생각했다.

돼지와 앵무새가 우연히 다시 만났을 때, 돼지의 체중은 오 킬로그램 가까이 빠져 있었다. 돼지와 앵무새는 미술관 기금 모금 행사에서 마주쳤다. 돼지가 주최한 가장무도회였다. 앵무새는 뒤에서 맴돌며 럼주를 넣은 펀치를 게걸스레 마셨다. 앵무새의 귀에는 '멋진 파티야. 게다가 목적도 아주 좋잖아' 같은 말이 수천 번도 더 들렸다.

앵무새는 농담을 던졌다.

"생활로 돌아갔어요. 아, 신문사의 제 부서 이야기예요. 현실에서 제 생활을 즐기고 있다는 뜻이 아니고요."

앵무새는 그 자리가 가장무도회인 만큼 돼지도 변장을 했으리라 생각했다. 그래서 식당에서 보았던 검은 정장을 그대로 입은 돼지를 보고 놀랐다. 돼지는 바에 서서 물을 마시고 있었다. 앵무새가 뒤에서 돼지의 어깨를 톡톡 쳤다.

"누구로 변장하셨는지 맞춰 볼게요. 헨리 베이컨 맞죠?"

돼지가 물었다.

"그게 누구죠?"

앵무새가 고개를 가로저었다.

"미국 건축가요. 링컨 기념관이라고 별로 유명하지도 않은 건물을 설계했다고 할까요."

"아, 그 헨리 베이컨."

돼지는 다른 누구로 분장한 것이 아니라고, 아니 적어도 유명 인사로 분장한 것은 아니라고 말하려 했다. 그때 앵무새가 뒤로 물러서서 펀치 잔 테두리 너머로 돼지의 모습을 다시 자세히 살폈다.

"알았어요. 루더 햄이죠? 1952년 헬싱키 올림픽. 사백 미터 자유형 은메달. 조금 비슷하기는 한데…… 어쩌죠? 루더 햄은 어깨가 넓었어요."

돼지가 말했다.

"그렇군요. 그럼 댁은 누구로 변장했나요?"

앵무새는 고개를 갸웃하고 바텐더를 향해 술을 더 달라고 잔을 쳐들었다.

"시답잖은 삼류 기자로 변장한다고 나름 애쓴 거예요."

앵무새는 자기 말을 증명하듯 잉크 얼룩이 묻은 발톱을 내보였다. 발톱은 뭉뚝했다. 앵무새가 제 부리로 물어뜯었기 때문이다.

"있죠, 관장님. 지난번 기사는 미안해요. 해적 라디오에서 일했을 때를 빼고는 그렇게 무책임한 적이 없었는데……. 방송은 저랑 안 맞았어요. 하지만 아시다시피 가끔 일이 그렇게 돌아갈 때도 있잖아요. 관장님은 편견에 희생되신 거죠."

"괜찮아요."

"관장님이야 괜찮으시겠죠. 그 빌어먹을 매한테 시달려야 하는 건 저니까요. 십 분마다 전화한다니까요. 심지어 이제는 중동 출신들을 찾아내겠대요. 시청 아래에서 주차장을 운영하는 페르시아고양이는 내가 자기 출신을 폭로하는 기사를 썼다고 나를 가만히 두지 않겠다고 화내고 있어요."

돼지가 몇 달 만에 처음으로 웃었다. 그리고 아래를 내려다

보았다. 앵무새가 돼지의 배에 날개를 대고 있었다.

"그냥 제 기분인가요? 아니면 정말로 살이 빠지셨나요?"

"아닙니다. 아, 기자분의 기분이 아니라 제가 정말로 살을 뺐다는 뜻입니다."

돼지에게는 빠진 살을 언급하는 앵무새가 더없이 친절하게 느껴졌다. 앵무새가 날개로 배를 톡톡 쳐도 이상하게 기분이 좋았다.

앵무새는 계속 떠들었다.

"제 말을 오해하지 마세요. 저는 노랑 머리털 오스트레일리아 앵무새도 만난 적 있어요. 하지만 지금 만나는 데이트 상대는 없어요. 아, 혹시 관장님께서 궁금하게 여기지 않으실까 해서 그냥 드린 말씀이에요."

앵무새는 애피타이저 쟁반을 들고 지나가는 웨이터를 세우고 카나페 하나를 집은 뒤 철갑상어 알은 쟁반에 털어서 버리고 크래커만 먹었다.

"진부한 말인지 알지만, 생선 알을 먹으면 몸이 부어요."

돼지가 말했다.

"몸이 붓는 건 염분 때문이죠."

돼지는 앵무새가 더 좋아할 말을 꺼내고 싶었지만, 바로 그때 밴드가 연주를 시작했다.

양으로 분장한 늑대에게 누가 폭스트롯에 맞춘 사교춤을 청했다. 갑자기 스위치가 탁 켜진 듯, 파티가 살아났다. 고양이 옷을 입은 토끼가 카멜레온과 춤췄다. 카멜레온의 의상은 몸이 돌아갈 때마다 변했다. 미운 오리 새끼는 백조로 분장했다. 쥐 삼총사가 선글라스를 내려 쓰고 춤 파트너를 찾아서 플로어를 돌아다닐 때, 앵무새는 돼지를 마주 보고 발톱을 내밀었다. 돼지는 발굽으로 수줍게 앵무새의 발톱을 잡았다. 그것이 시작이었다. 나중에 앵무새 기자는 그 뒤의 삶을 '수퇘지와 혼미의 나날들'('술과 장미의 나날들'의 말장난 – 옮긴이)이라고 일컬었다.

안녕하세요,
고양이 씨

교도소에서 알코올 중독 치료 모임이라니. 고양이는 여태 껏 들은 가운데 가장 한심한 이야기라고 생각했다. 아니, 교 도소에 제대로 된 술이 있기나 해? 어쨌든 치료 모임 덕분에 형량을 조금이라도 줄일 수 있다면 뭐, 좋지. 그래서 고양이 는 알코올 중독 치료 모임에 참가하겠다고 서명했다. 일찍 출 소할 수만 있다면, 뭐든 기꺼이 하겠다. 열두 스텝으로 춤을 추라고 해도 기꺼이 추겠다. 일단 풀려나면, 가장 가까운 술 집으로 가서 그동안 못 마신 술을 마셔야지. 하지만 지금은 한심한 재소자들과 가끔 어울려 앉아서 술 대신 스킨 로션을 조금 마시는 것으로 만족해야지. 그래도 고양이는 중독자들 앞에서 자기 이야기를 절 대 털어놓지 않겠다고 마음먹었다.

모임은 대개 아주 따분했다. 모두가

울먹이고, 울먹이고, 울먹였다. 하지만 이따금 재미있는 이야기를 듣는 경우도 있었다. 자기 가죽을 칼루아(커피 맛이 나는 리큐어 상표명 – 옮긴이) 한 병과 바꾼 밍크가 그 재미있는 이야기의 주인공이었다. 가죽 없이도 살아남을 수 있나? 고양이는 생각도 못 한 일이었다. 하지만 밍크를 보니 분명 살아남을 수 있었다. 보기 흉한 것은 확실하지만, 어쨌거나 죽지는 않는다. 밍크가 그 살아 있는 표본이었다. 밍크는 남을 웃길 줄 아는 이야기꾼으로, 다른 인물의 말을 인용할 때에는 각기 다른 목소리로 연기하기도 했다. 그래서 밍크의 이야기는 더욱 재미있었다. 밍크의 아내가 밍크를 소의 혓바닥으로 착각한 대목에서는 고양이가 어찌나 크게 웃었는지 의자에서 쓰러지기까지 했다.

밍크가 이야기를 마무리했다.

"고맙습니다. 정말 멋진 청중이시네요. 웨이트리스한테 팁을 주는 것도 잊지 마세요."

중독자들은 모임을 가진 뒤에 탄내가 나는 커피와 간식을 먹었다. 고양이는 커피를 한 잔 더 따르려고 커피포트 있는 곳으로 갔다. 그러다가 교도소 사제인 황소개구리에게 쥐가 나직이 던지는 말을 어깨너머로 들었다.

"재밌기는 해요. 하지만 밍크 저놈은 가망이 없어요. 여기서야 괜찮지만, 진짜 세상에 나가면 저놈은 시한폭탄이죠."

고양이는 쥐가 무슨 죄로 교도소에 들어왔는지 알 수 없었다. 하지만 탈세나 우편 사기 같은 고루한 죄가 틀림없다고 생각했다. 쥐는 머리를 얻어맞아야 비로소 재미를 제대로 즐길 줄 알겠지. 하지만 지금 쥐는 털 없는 밍크에게 '알코올 중독 치료를 진지하게 생각하지 않고 있다'는 둥 '술을 마시지 않고도 취하는 고전적인 예'라는 둥 불평하고 있었다.

고양이는 생각했다.

'밍크한테도 숨 쉴 구석을 좀 줘. 그 불쌍한 녀석은 평생을 털도 없이 살아야 하잖아. 마누라는 떠났고, 훔친 자동차 부품을 팔던 장사도 박살났어. 그런 밍크가 다시 술을 마신들 누가 신경이나 쓰겠어? 쥐, 너 같은 놈들이랑 시간 낭비하는 것보다 나아.'

고양이는 그런 생각을 입 밖에 내지는 않았지만, 생각하는 사이에 표정에 드러났나 보다.

쥐가 고양이에게 물었다.

"못마땅한 거라도 있어?"

고양이가 말했다.

"그래, 사실은 있어."

교도소 사제는 문제가 생길 것을 예감하고 고양이와 쥐 사

159

이에 끼어들어서 물갈퀴 발을 내밀었다.

"자, 진정하고 일을 키우지 맙시다."

고양이는 계속 말했다.

"설치류 중에 못마땅한 애들이 있지. 잘난 체하면서 남들을 다 쓰레기라고 깎아내리는 족속."

쥐가 말했다.

"그래? 글쎄, 나도 고양잇과 중에서 못마땅한 애들이 있어. 자기 분수도 모르면서 다른 데서 훈계하려 드는 놈들."

고양이도 쥐가 아주 용감한 녀석임은 인정하지 않을 수 없었다. 술잔보다 작은 녀석이 겁도 없이 고양이한테 대들다니. 쥐는 교도소 사제에게 등을 떠밀려 나가면서도 고양이에게 으름장을 놓았다.

"내가 오늘 일을 잊어버릴 거라 생각하면 오산이야!"

고양이도 맞받아쳤다.

"아이고, 무서워 죽겠네."

—⁂—

그날 저녁시간이었다. 고양이는 교도소 구내식당에서 밍크와 함께 햄버거와 프렌치프라이를 먹었다. 쥐는 반대쪽 채식 테이블에 토끼와 상자거북과 함께 앉아 있었다. 쥐는 계속 고개를 들어서 고양이가 있는 쪽을 노려보았다.

밍크가 말했다.

"둘 사이에 무슨 일이 있었는지 모르지만 화해하는 게 좋겠어. 친구, 내 말 새겨들어. 저 쥐를 적으로 만들지 않는 게 좋아."

고양이가 말했다.

"저놈이 무슨 짓을 하겠어? 기껏해야 내 햄버거에서 치즈나 훔칠까?"

"쥐가 무슨 짓을 할지는 나도 모르지. 하지만 전에 무슨 짓을 했는지는 알아."

밍크는 털 없는 머리를 앞으로 내밀며 고양이 가까이에 얼굴을 대고 말을 이었다.

"방화범이래. 철조망을 씹고 경찰서 건물에 불을 질렀대. 독일셰퍼드 넷이 즉사하고, 둘은 어머니도 못 알아볼 만큼 심한 화상을 입었대. 친구, 친구는 그런 놈을 어떻게 부를지 모르지만, 내 사전에 그런 놈을 가리키는 말은 '냉혈한'이야."

고양이는 프렌치프라이 한 조각을 케첩에 담갔다.

"독일셰퍼드?"

밍크가 고개를 끄덕였다.

"화상을 입은 둘 중 하나는 은퇴를 보름 앞두고 있었대. 은

퇴 파티도 열고 편히 쉴 판이었는데……."

고양이가 말했다.

"가슴이 찢어지는 이야기네."

—✠—

다음번 치료 모임은 평소와 다름없었다. 재미있는 이야기는 없었다. 누가 술을 마시고 싶어서 죽겠다고 말했고, 다른 누가 똑같은 말을 했다. 그런 말만 되풀이되다가 한 참가자가 왜 술을 마시고 싶은지 그 이유를 말하기 시작했다.

교도소 사제가 말했다.

"또 이야기를 하실 분 없습니까? 아직 한 번도 발표하지 않으신 분 없나요?"

고양이가 눈을 감았다. 고양이는 모임에 오면 대개 졸다가 기도할 때 깨곤 했는데, 이날은 졸지 않고 쥐의 이야기를 기다렸다. 쥐는 치료 모임에서 발표할 때면 '아주 쉬워요'라거나 '처음에는 흉내만 내더라도 계속하면 정말 끊을 수 있어요' 같은 진부한 말을 이 분마다 되풀이했다.

쥐는 말하곤 했다.

"힘들어지면 나는 조용히 스스로를 타이릅니다. 그냥 마음을 비우고 하나님께 의지하자고."

쥐한테서 그런 말을 들은 것이 벌써 오천 번도 넘었을 텐데, 모두가 처음 듣는 척했다. 맙소사, 벼룩 없애는 가축 목걸이에나 적혀 있을 글귀구먼.

하지만 이날, 쥐는 경구를 떠들지 않고 자기 인내심을 시험하게 된 최근 사건을 이야기했다.

"구체적인 이름은 대지 않겠습니다. 그냥 '시빗주비'라고 부를게요. 슬금슬금 돌아다니면서 자기랑 아무 상관없는 남의 대화나 엿듣고 참견하기 좋아하는 놈이죠. 시빗주비는 그런 일에서나 재미를 찾는 놈입니다."

고양이가 말했다.

"아, 잠깐, 나도 할 말이 있는데……."

그러자 교도소 사제가 '남의 말을 끊지 맙시다'라고 적힌 표지판을 가리켰다. 심한 험담을 들어도 곧장 받아칠 수 없다니 무슨 규칙이 이따위야.

쥐가 계속 말했다.

"시빗주비가 언제부터 얼씬댔는지는 나도 모릅니다. 못생긴 것을 빼고는 눈에 띄는 존재가 아니어서 신경도 안 썼죠. 시빗주비는 지금 내가 앉아 있는 의자보다 아이큐가 낮아요. 그런 머리로도 쉬지 않고 입을 놀립니다. 그놈 때문에 어찌나 신경이 거슬리는지, 그놈 면상을 망가뜨리고 싶은 정도였어요. 하지만 그랬다가 내 형량만 길어질 걸 생각하고 참았어요."

잘 참았다고 중얼거리는 소리가 여기저기서 들렸다.

"또 그런 일이 생기면 그때도 내가 잘 참을 수 있을지 모르겠어요. 하지만 어쩔 수 없다면 강을 건너야죠."

염소가 손을 들고 조카의 술집에서 취한 일을 이야기했다. 기니피그는 술에 취해서 다칠 뻔했다는 흔해 빠진 이야기를 늘어놓았다. 거머리는 성경이 오디오북으로 나왔는지 묻기도 했다. 거머리의 이야기가 끝나자마자 고양이가 손을 쳐들었다.

"모두 들어 봐요. 나도 할 얘기가 있어요."

교도소 사제가 말했다.

"여기서는 먼저 자기소개를 한 뒤에 이야기를 시작해야 합니다."

고양이가 말했다.

"알았어요. 나는 고양이입니다. 할 얘기가 있어요."

교도소 사제가 말했다.

"이름만 대는 게 자기소개가 아니잖아요. 자, 술 때문에 어떤 문제를 겪었는지 먼저 솔직히 털어놓아요. 겁내지 말고."

고양이는 탁자 맞은편에 앉은 쥐를 노려보았다. 쥐의 표정은 고양이가 지난밤 구내식당에서 본 그대로였다. 아무에게나 대들 듯 능글능글한 표정, 이미 자기가 이겼다고 생각하는 표정이었다.

고양이가 말했다.

"알았어요. 나는 고양이입니다. 그리고……. 이런 젠장, 지옥에나 떨어져."

쥐가 '너 때문에 짜증이 나서 죽겠다'고 말하는 양 작은 손을 가슴에 댔다. 고양이는 탁자를 탕 쳤다.

"제길, 나는 고양이입니다. 나는 고양이고, 또…… 나는……나는 빌어먹을 알코올 중독입니다. 자, 이제 만족해요?"

그러자 모두가 말했다.

"안녕하세요, 고양이 씨."

이제 스스로를 중독자라고 인정한 고양이가 평정을 되찾으려 애쓰는 동안, 모두 눈을 정중하게 내리깔고 고양이의 이야기를 기다렸다.

— ⁓ —

출소한 지 몇 년이 흐른 뒤, 빈민가 사회복지 회관이나 눅눅한 교회 지하실에서 열리는 모임들에서 고양이는 말했다.

"그렇게 해서 저는 처음으로 제 이야기를 솔직하게 털어놓을 수 있었습니다. 그 빌어먹을 놈 덕분에 저는 새사람이 됐죠. 제가 생각해도 기막힌 일입니다. 살인범, 방화범. 하루라도 그놈을 떠올리지 않은 날이 없어요."

고양이의 이야기가 세상에서 가장 뛰어났다고 말할 수는 없을 것이다. 하지만 쥐도 여러 번 말했듯, 고양이의 이야기가 세상에서 가장 형편없지도 않았다.

모두 거기서 거기라고 생각했는데 아니더라. 갈매기의 말에 따르면, 튀기는 기름의 종류에 따라서 맛이 달라진대.

내가 말했지.

"기름의 종류?"

한 가지 기름만 있는 게 아니라 여러 종류가 있다고 누가 생각이나 했겠어? 질감도 달라. 바삭바삭한 것이 있는가 하면, 물컹물컹한 것도 있어. 감자가 얼마나 오래됐는지 비바람에 얼마나 노출됐는지에 따라서도, 또 감자 품종에 따라서도 프렌치프라이의 맛이 달라진대.

갈매기랑 이야기한 뒤에 나는 식당에 빠졌어. 밤마다 새로운 식당을 골라서 식당 주방 창을 들여다보았어. 오븐 등의 주방 기구가 당연히 보였지만, 쥐도 많이 보였어. 그래서 식당에는 발걸음을 끊었는데, 결국 그저께 밤에 스테이크 전문점 주차장에서 우연히 쥐를 만났어. 쥐는 스테이크 전문점 주방으로 통하는 뒷문으로 가는 중이었지.

내가 쥐한테 말했어.

"그렇게 서두를 것 없잖아, 친구."

'먹잇감과 가까워지지 마라.' 이것은 부엉이가 어릴 때 처음 배우는 교훈이야. 그 먹잇감을 먹고 싶고 먹은 뒤에도 마음이 편할 수 있다면 좋은 충고지. 먹잇감을 잡아서 즉시 죽이면

편하게 생각할 수도 있어. 그 먹잇감 스스로 죽기를 바랐다고, 그 먹잇감의 팔자라고, 땅을 파거나 씨앗을 줍는 것 같은 일일 뿐이라고, 먹잇감은 진짜로 살아 있는 게 아니라 살아 있는 척 어설프게 흉내를 낸 것뿐이라고. 그렇게 믿을 때의 단점이 뭔지 알아? 새로운 것을 전혀 배울 수 없는 거야.

여하튼 그 쥐의 반응은 대본을 그대로 읽는 것 같았어.

"방금 쥐약을 먹었어. 나를 먹으면 너도 죽어."

그런 거짓말을 듣자니 얼굴이 화끈거렸어. 내가 그런 말에 넘어갈 만큼 멍청하게 보였다는 뜻이잖아.

내가 말했어.

"하나 마나 한 소리 마."

쥐는 차선책으로 나가더군.

"자식들이 기다려. 갓난아이들이야. 나만 바라보고 있어. 내가 먹여 살려야 해."

내가 말했어.

"있지, 세계 역사를 통틀어도 자식을 담배꽁초 이상으로 여기는 숫쥐는 한 마리도 없어. 그러니까 거짓말하지 마. 사실, 너는 자식들을 먹이기보다 잡아먹을 가능성이 크잖아."

쥐도 내 말을 인정하더군.

"꼼짝 못할 사실이네."

쥐는 내 발톱 아래에서 포기하고 버둥대지도 않더군. 쥐의 희망이 아스팔트로 흘러나오는 것을 느꼈어. 피나 소변이 흘러나오는 것처럼 확실히 느껴졌어.

내가 말했지.

"제안을 하나 하지. 나한테 새로운 것을 가르쳐 주면, 그냥 보내줄게."

"농담이지?"

"아니, 정말이야. 내가 듣고 재미있으면 놓아줄게."

내가 서재, 영국제 가구, 지붕, 식물성 기름, 마차 모양의 스탠드를 어떻게 알았겠어? 다 그렇게 먹잇감이랑 내기를 한 덕분이지.

쥐가 말했어.

"알았어."

쥐는 잠시 생각하다가 입을 열었어.

"이 식당 새우는 모두 냉동 새우야. 알고 있었어?"

"아니, 몰랐어. 하지만 그 정도로는 부족해. 스테이크 전문점의 형편없는 속사정에는 놀랄 것도 없어. 특히 체인점에는. 생각의 폭을 더 넓혀 봐."

"알았어."

쥐는 어머니와 섹스하려 했던 옛일을 이야기했어.

"너는 그런 이야기에 내 상식이 더 풍부해질 거라고 생각해? 어떻게 그럴 수 있어? 너는 중요한 게 뭔지 몰라?"

그러자 쥐는 하마의 항문에서만 살 수 있는 거머리가 있다고 말하더군.

내가 말했지.

"헛소리 마."

쥐가 맹세했어.

"아냐, 정말이야. 우리 삼촌이 동물원에서 살았어. 그 삼촌이 하마한테서 직접 들었대."

너무 얼토당토않아서 오히려 진실일 수밖에 없는 이야기였어.

나는 쥐의 등에서 발을 떼며 말했지.

"좋아, 그냥 가."

쥐는 주차장을 가로질러서 스테이크 전문점 뒷문으로 갔어. 뒷문에 막 도착했을 때, 성가신 우리 형이 휙 내려와서 그 쥐를 낚아챘어. 형이 일주일쯤 전부터 내 뒤를 쫓아다녔거든. 전에는 누나가 나를 쫓아다닌 적도 있었어. 누나는 내가 잡았다가 놓아준 고양이를 잡아먹었어. 나는 그 고양이한테서 울 털실과 앙고라 털실의 차이를 배우고 놓아주었지. 앙고라 털실이 훨씬 부드럽대.

형은 스테이크 전문점 위로 날아오르면서 부엉부엉 떠들었어.

"자, 이제 누가 더 똑똑해?"

형을 뒤쫓을 수도 있었지만, 쥐는 이미 죽었으니까 굳이 그럴 필요도 없었어. 형의 발에 꽉 잡히자마자 쥐의 숨은 확실하게 끊어졌어. 우리 가족 사이에서는 스스로 먹이를 사냥하지 않고 나를 쫓아다니다가 나한테서 풀려난 동물을 잡아채는 게 놀이가 됐나 봐. 누나가 지난주에 고양이를 먹은 뒤에 이러더군.

"너를 쫓아다니면 시간이 절약되잖아."

누나는 절약한 시간으로 그저 나뭇가지에 앉아서 눈만 껌벅이겠지. 텅 빈 머리로 아무 생각도 못 할 테니까.

형이 쥐를 잡아간 뒤에 나는 주차장 끝에 있는 전신주로 날아갔어. 하마 항문에서만 살 수 있는 거머리라니. 완전히 갇힌 생활이잖아! 가족이 서로 침을 뱉으면 닿을 위치에서 평생을 살아야 하면 기분이 어떨까?

—〰—

그래서 동물원으로 갔어. 이런 말 들어 봤어? 동물원에는 그 동물이 원래 사는 곳과 똑같은 환경을 만들어 놓은 우리도 있대. 정글이나 초원을 똑같이 만들어 놓았다나. 부엉이 우리는 구식이었어. 안에 든 동물보다 구경하는 인간을 배려한 우리였거든. 퓨마 우리는 바퀴 열여덟 개짜리 트럭보다 크지 않더군. 사자 우리는 조금 나았지만, 사자는 단둘뿐이었어. 자연에서는 하마 한 마리가 얼마나 넓은 영역을 필요로 하는지 모르지만, 동물원 하마 우리는 작더군. 배구장보다 좁아. 하마 한 마리만 딱 들어갈 만한 수영장이 있고, 수영장 주위 땅은 시멘트로 덮여 있어. 그 앞에는 '로이스'라고 적힌 팻말이 있어. 하지만 하마의 설명을 들으니 그 이름은 자기 뜻과 상관없이 인간이 마음대로 붙인 거래.

하마가 나한테 말하더군.

"이름 따위는 나한테 쓸모없어. 지금도 쓸모없고, 앞으로도 마찬가지야. 하마는 이름을 쓰지 않아."

나는 그 하마한테 감동했어. 아주 다정하고 사근사근했기 때문이야. 자그마한 염소를 보면서 다정하고 사근사근할 것이라고 예상할 수 있지. 하지만 하마는 다르잖아. 그때껏 내가 듣기로는 하마가 심술궂기로 유명했거든.

"아, 요즘 무척 힘들어."

그러면서 하마는 자기 이빨을 이야기하기 시작했어. 하마의 이빨은 잇몸에 아무렇게나 박은 못 같았어. 이빨 하나가 말썽이었나 봐. 그 이빨을 보니까 하마를 불평꾼이라고 욕할 수 없었어.

"동물원에서 사는 게 나쁘지만은 않아. 그래, 공간이 좁은 건 사실이야. 그래도 나 혼자만 쓰잖아. 작년에 수컷이 들어온 적 있어. 야생동물 보호소 같은 곳에서 트럭에 실려 왔어. 우리가 잘 어울려서 아이를 갖기 바란 거지. 하지만 임신은 안 됐어. 나는 상관없었지. 아, 그렇다고 해서 내가 아이를 바라지 않는 것은 아니야. 지금은 시기가 아닐 뿐이라는 뜻이야. 내 말, 이해할 수 있어?"

"당연하지."

"너는?"

나는 새 중에서도 희귀한 수리부엉이어서 종족 보존을 위해 짝짓기를 꼭 해야 한다고 말했어. 사실, 나랑 같이 살았던 암컷은 처음 품은 알이 부화하기 전에 죽었어. 하지만 그 일을 입 밖에 내지 않는 게 좋다고 이미 깨달았지. 전에 갈매기를 만났을 때 내가 그 이야기를 늘어놓자, 갈매기는 '분위기 깨는 얘기'라고 슬쩍 꼬집더군. 그 말이 맞아. 누가 자기 이야기를 털어놓으면서 배우자가 다른 것도 아닌 구급차에 치어 죽었다는 이야기를 늘어놓는다고 상상해 봐. 듣는 기분이 어

177

떻겠어? 그래서 하마한테 그 얘기는 안 했어. 하마를 당황하게 만들기는 싫었거든.

하마랑 처음 만난 밤에 또 무슨 얘기를 했더라? 아, 하마가 나한테 동물원 주위 풍경에 대해서 물어본 것은 기억나. 숲, 오솔길, 풍선이나 솜사탕을 파는 작은 통나무집. 하마는 그게 전부일 거라고 생각하더군. 철창살 너머로 볼 수 있는 게 그뿐이니까. 스카프 가게, 사무용품 양판점, 식당과 호텔, 물속에서 조명이 비치는 수영장까지 갖춘 아파트. 그런 것들을 하마는 몰랐어.

세상이 어떤 모습이냐고? 내가 하마한테 말했어.

"글쎄, 설명하려면 시간이 좀 걸려."

그러자 하마가 이러더군.

"얼마든지 오래 걸려도 좋아."

—〰—

그날, 집으로 가는 길에 토끼를 잡았어. 몸집이 작은 편이었어. 막 먹기 시작하는데 어머니가 나타났어.

"다 먹을 때까지 기다리마."

어머니의 속뜻은 이거야. '도대체 어떻게 생겨 먹은 아들놈

178

이 제 엄마한테 토끼 내장이라도 맛보라고 내놓질 않아?' 나는 한숨을 쉬고 한쪽 귀를 뜯어서 어머니한테 건넸지. 어머니가 말하더군.

"아이고, 안 줘도 되는데……."

어머니는 토끼 귀를 한입 가득 우물거리며 말했어. 임신할 나이가 다 됐는데 아직 짝이 없는 사촌이 있다고. 내가 한사코 싫다고 해도, 어머니는 내 새 짝을 찾겠다는 고집을 꺾지 않아. 어머니는 나한테 계속 말해.

"벌써 얘기 다 됐다."

무슨 얘기? 누구랑?

나랑 짝짓기했던 암컷이 죽은 지 사흘 만에 어머니는 내가 이웃집 딸이랑 선을 보게 했어. 우리는 해 질 녘에 만났어. 초원이 다 내려다보이는 커다란 떡갈나무 위였지. 아래 풀숲에서 흰 암컷 망아지가 제 어미의 입에서 음식을 받아먹고 있었어. 그날 만난 부엉이가 소리쳤어.

"호모 놈!"

내가 말했어.

"그쪽이 쓰려던 말은 '레즈비언'이겠죠. 물론 그 말도 지금 상황에는 아예 안 맞지만요. 지금 저 말들의 행동에는 성적인 의미가 전혀 없어요. 저건 모성애죠. 포유동물은 새끼들한테 저렇게 먹이를 줍니다."

"아, 그래요? 호모 포유동물 놈들."

내가 어머니한테 그 일을 이야기하자, 어머니는 내가 움켜 쥔 피투성이 토끼를 보며 이 말만 하더군.

"귀 하나 더 줄래?"

그리고 어머니는 사촌인 그 암컷은 분명 다르다고 장담하 면서 말했어.

"벌써 얘기 다 됐다. 네가 내일 밤에 만나러 가기로. 장소는 '하나님 성 주 예수 그리스도' 앞에 있는 십자가 위야."

'하나님 성 주 예수 그리스도'는 우리 어머니가 성당을 가리 킬 때 쓰는 말이야. 더 정확히 말하자면 '성 티모시 성당'이지. 나는 어머니한테 성 티모시 성당이라고 부르라고 벌써 수천 번 말했어. 어쨌든 이번에는 성당 이름도 상관없었어. 이튿날 밤 열한 시에 나는 성당 대신 동물원으로 가서 하마랑 얘기를 나눴으니까.

그날 이야깃거리는 비둘기와 참새였어. 낮에 비둘기와 참 새가 하마 수영장 주위 콘크리트에 변을 본대.

"끔찍해. 나한테 못 견디게 싫은 걸 하나만 고르라고 하면, 그건 빌어먹을 새……."

하마가 잠깐 멈칫하다가 둘러대더군.

"새……생일이야."

"생일이 못 견디게 싫어?"

"쓸모없잖아. 내 말은, 생일이 대체 왜 필요해?"

"있지, 내 감정은 걱정하지 마. 나도 새들이라면 한둘만 빼고 다 별로야."

그리고 나한테 프렌치프라이에 대해서 가르쳐 준 갈매기 이야기를 하마에게 들려줬지.

"갈매기를 만나고 얼마 지나지 않아서 쥐를 만났어. 쥐한테서 들은 이야기가 있는데……. 아, 혹시 내가 잘못 알고 있으면 지적해 줘. 쥐가 말하기를, 하마의…… 저기, 항문에서만 살 수 있는 거머리가 있다면서?"

"거머리가 꼭 '거기'에서만 살 수 있는지는 모르겠지만, 내 거기에도 아홉 달째 거머리가 살고 있어. 정말이지 빌어먹을 것들이야. 아마 야생동물 보호소에서 온 한심한 로미오한테서 옮은 것 같아."

"거머리가 붙으면 아파?"

"심하게 아프지는 않아. 원칙이 더 문제지. 내 몸에 들어와서 자기 집인 양 집세도 안 내고 살 수 있다고 생각하다니!"

하마는 고개를 최대한 돌려서 몸 뒤를 보려고 애쓰다가 다시 말하더군.

"게다가 거머리들은 시끄러워."

"거머리 말이 들려?"

"내용이 정확히 들리는 건 아니고, 계속 나직이 웅얼웅얼 속삭이는 소리가 들려. 물속에 있으면 그 소리가 더 크게 들려."

"거머리들이 무슨 이야기를 나눌까?"

"흔해 빠진 똥구멍 소리지. 아, 내 똥구멍이 얘깃거리라는 뜻이 아니라, 똥구멍 같은 저질들이나 관심을 둘 일들을 얘기할 거라는 뜻이야. 벌레나 카드놀이 같은 일들."

"카드놀이?"

하마가 거대한 고개를 끄덕였어.

"내 우리를 청소하는 인간들은 쉬는 시간에 카드놀이를 해. 스낵 매점 옆에 있는 벤치에 앉아서 카드놀이를 할 때도 있는데, 그러면 나도 구경하지."

멀리서 퓨마 울음소리가 들렸어. 그리고 경찰 사이렌 소리도 들렸어.

"괜찮으면 내가 거머리들 대화를 들어 볼 수 있을까?"

"그랬다가 거머리들이 주목을 받았다고 우쭐대면 어떡해? 그건 싫어."

"아, 그렇군."

나는 하마한테 알았다고 대답했지만, 애써 실망을 가라앉

"그래, 분명히 그 뜻일 거야."

게르빌루스쥐는 우리 누나와 형을 번갈아 바라본 뒤에 나를 보며 말하더군.

"와, 저 두 부엉이는 정말 멍청하구나. 햄스터보다 멍청해. 내 눈으로 보고도 못 믿겠네. 흔히 부엉이를 생각하면 지혜의 상징이라고 떠올리잖아."

내가 게르빌루스쥐한테 대꾸했어.

"그건 그냥 잘못된 속설이야."

멍청한 형과 누나보다 앞서서 나는 오른쪽 발로 게르빌루스쥐를 잡고 날아올랐어. 우리 식구들이 쫓아올 게 틀림없어서 나는 우리 집을 그냥 지나쳐서 계속 날아갔어. 소년원 근처 버려진 농장에 있는 닭장으로 갔지. 거기서 나는 게르빌루스쥐를 도와서 비키니 상의를 벗겼어. 게르빌루스쥐는 지쳐서 건초 더미에 쪼그려 앉았어. 게르빌루스쥐가 달아나려고 마음먹었으면 어려운 일도 아니었어. 하지만 나는 게르빌루스쥐가 그냥 그 자리에 있기를 바랐어. 아니, 단순한 바람 이상이었지. 나는 게르빌루스쥐한테 내 기분을 설명하려 했지만, 그만 잠들고 말았어.

그리 오래 자지는 않았어. 내 짝이었던 암컷이 죽은 뒤로 나는 잠을 깊게 못 자. 피곤하고 지쳐도 몇 시간 안 돼서 잠에서 깨. 정오에 깨어 있으면 괴로워. 정말이지 무시무시해. 가만히 서서 다시 잠이 찾아오기를 바라고 있기에도 지친 나머지 아예 정신을 차리고 날아다닐 때도 있어. 그럴 때면 아주 먹음직스러운 먹잇감들을 보게 돼. 작은 개, 오리 새끼, 스티로폼 아이스박스 위에서 햇빛을 쪼이고 있는 이구아나. 하지만 자동차도 많고, 소음도 시끄러워.

낮에 보이는 세상은 전혀 좋아할 수 없었어. 그러다가 밤에 보이는 세상도 싫어지기 시작하더군. 나는 생각했어. '그럼 뭐가 남지?' 그러던 내가 서서히 변할 수 있었던 것은 배움 덕분이야. 예전 내 삶에는 구멍이 있는 것 같았어. 그 구멍을 이제 정보로 채우고 있어. 감자에 대한 정보. 온수 히터에 대한 정보. 뭐든 좋아. 하지만 거머리들이라니! 내가 초조해서가 아니라 들떠서 잠들 수 없는 일은 난생처음이었어. 비좁고 축축한 똥구멍에서 살면서도 노래를 부르다니! 그 거머리들이 삶의 비밀을 모른다면, 도대체 누가 알겠어?

—〰—

게르빌루스쥐는 해가 진 뒤에 깨어나서 귀뚜라미를 잡느라 바빴어. 나는 게르빌루스쥐를 닭 모이통으로 데려갔지. 게르빌루스쥐는 모이통에 있는 해바라기씨를 몇십 알 먹었어. 다 먹은 뒤에 입을 닦고 나를 보며 말하더군.

"좋아, 부엉이 친구. 이제 뭘 할까?"

조금 뒤, 우리는 동물원에 도착했어. 나는 하마에게 게르빌루스쥐를 소개했어. 둘은 금세 친해졌어. 게르빌루스쥐는 항문에 사는 거머리들을 보며 말했어.

"굉장해! 게다가 거머리들이 노래한다고?"

하마는 전날 했던 말을 되풀이했어.

"거머리들을 쫓아내고 싶어."

게르빌루스쥐는 망설이지 않고 거머리들 있는 곳으로 들어가겠다고 말했어.

"나는 더 좁은 곳에도 들어갔는걸. 문제없어. 거기서 나오도록 설득하는 데에는 실패한다 해도 적어도 거머리들의 사연은 알아낼 수 있어."

하마가 게르빌루스쥐한테 물었어.

"정말 그래 줄 테야?"

게르빌루스쥐는 열여덟 달을 우리에 갇혀 살았다고 대답했어.

"마침내 탈출한 뒤에 나는 결심했어. 이제 앞으로는 다르게 살겠다고. 새로운 음식도 맛보고 낯선 곳에도 가서 잠시 살아 보겠다고!"

게르빌루스쥐는 나도 놀랄 정도로 기운이 넘쳤어. 나는 마음의 준비를 할 시간이 필요하다고 생각했는데, 게르빌루스쥐는 단박에 덤벼들 기세였어. 게르빌루스쥐는 딱 한 가지만 부탁하더군. 윤활제가 될 만한 것을 몸에 발라 달라는 부탁이었어.

"몸을 더 잘 움직일 수 있게 조금만 바르면 돼."

하마가 말했어.

"그래? 네 털이 엉망이 될 텐데 괜찮겠어?"

게르빌루스쥐가 깔깔 웃으며 대답했어.

"이 해묵은 털 따위야 아무렴 어때."

동물원 입구 근처에 회전목마가 있었어. 회전목마 기어에 윤활유가 잔뜩 칠해져 있었지. 나는 게르빌루스쥐를 회전목마로 데려갔어. 게르빌루스쥐는 자기 몸에 윤활유를 고루 묻혔어. 내가 게르빌루스쥐를 하마 우리로 다시 데려와서 콘크리트 단에 자리를 잡았어. 하마가 엉덩이를 쳐들었지. 조금 번거로운 동작들이 필요했지만, 마침내 하마는 게르빌루스쥐의 높이에 엉덩이를 맞출 수 있었어. 게르빌루스쥐가 하마